世界是心的倒影

雪漠 著

中国大百科全书出版社

图书在版编目（CIP）数据

世界是心的倒影 / 雪漠著 .-- 北京：中国大百科全书出版社，2018.4

ISBN 978-7-5202-0245-9

Ⅰ.①世… Ⅱ.①雪… Ⅲ.①散文集 – 中国 – 当代

Ⅳ.① I267

中国版本图书馆 CIP 数据核字（2018）第 042916 号

出 版 人：刘国辉

策划编辑：李默耘

责任编辑：姚常龄

责任印制：魏　婷

封面设计 / 插图：画欣 Cindy

装帧设计：李　洁

出版发行：中国大百科全书出版社

地　　址：北京阜成门北大街 17 号

邮　　编：100037

网　　址：http://www.ecph.com.cn

电　　话：010-88390603

印　　刷：阳谷毕升印务有限公司

开　　本：880 毫米 *1230 毫米　1/32

字　　数：120 千字

印　　张：7.875

版　　次：2018 年 4 月第 1 版

印　　次：2021 年 5 月第 3 次印刷

定　　价：52.00 元

心灵瑜伽，

用直指人心的智慧改变心性，

改变行为，改变人生。

目 录

Contents

001

第一辑 不变的真相

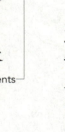

序言
____
001

第二辑 发现生命本具的宝藏

第三辑 找到你真正的敌人

第四辑　生命因智慧而改变

附录　聆听智慧的声音

将大爱种入心田 _220

/ 人类无论有多么大的幸福，也不过是一份好心情。好心情能延续一天，就是一天的幸福；延续一个月，就是一个月的幸福；延续一年，就是一年的幸福；延续一辈子，就是一辈子的幸福。如果一个群体里的每个人都有好心情，那么这个群体就是幸福的；如果一个民族有好心情，那么这个民族也是幸福的。/

不要指望自己能握住流水 _226

/ 世界本身就是一个巨大的梦幻，明白这种梦幻时，不去执著，这就是智者的行为。你如果想把这种梦幻变成一种真实的、能被掌握的东西时，就叫执幻为实，这是人类烦恼的原因。人类最大的烦恼，就是想在这个充满不确定性的世界中间，找到一种确定性。/

世界是心的倒影

本书对于那些时时为痛苦所困的人，有着别的书籍不能替代的妙用。在我们整个群体都陷入热恼和焦虑的当下，它无疑是一剂智慧的良药。

佛经有偈如是说："若人欲了知，三世一切佛，应观法界性，一切唯心造。"这便是本书智慧的最初源头。但说归说，做归做，有时"理"上的明白，并不能代表"事"上的把握。于是，本书就有了它存在的意义和价值。

本书就是对佛教出世间智慧的最形象的一种世间法表述，它既是智慧的眼光和角度，也有许多的跟实现生活密切结合的方法。它既能改变我们的"心"，也能改变我们的"行"，进而就能改变我们的"命"。许多人，就是因为"心"的无明，才有了"行"的愚痴，终而有了"命"的多难和夭折。正如我的长篇小说《猎原》中说的那样："心明了，路就开了。"也正是由于心的升华和智慧的显发，许多原本陷入困厄的人，才实现了超越，成为我们眼中的成功人士。我们可以从许多响亮的名字中找到这类的启发。如乔布斯的成功，就得益于禅。而禅，就是大手印体系中的实相大手印。在禅的观照下，连那死亡的阴影，也没能罩住乔布斯的创造智慧，我们才有了能够在当下欣赏苹果电子系列的那份快乐。

所以，我常说："命由心造"。你的命，是你心的倒影；你眼中的世界，也是你心的倒影。你有什么样的心，就有什么样的命；你有什么样的心，也就有什么样的世界。当你的心由小变大时，你的世界才会由小变大。没有心的改变，绝不会有命的改变。所以，你也可以将本书称为"造命之方"。

在我的身边，依本书智慧而改变命运者，有很多。其中，有患绝症者，有重度抑郁者，有亲人死后痛不欲生者，有对现实绝望而厌世者……他们大多在接触了我的作品后，由心的改变，从而实现了命的升华。于是，有朋友希望我能够将那种能变心变命的智慧通俗化、非宗教化，专门出这样一本能够让不一定有宗教信仰的人也能离苦得乐的小书。

本书的智慧源于传统的大手印，笔者是香巴噶举大手印的传承者。在《光明大手印·实修心髓》中，我专门介绍过香巴噶举奶格五金法。其圆满次第中，有一种"三支法"，它表达的，就是本书的智慧："上师道胜解一切显现即是上师，于此得决定见；胜解上师即是自心，于此得决定见；胜解自心性即是空性，于此得决定见。""本尊道胜解一切显现都是本尊佛父佛母，显而无自性。""胜解一切所显、所闻都是自心，而自心性即是空性，得决定见。""如幻道决知一切显念皆是自心，决知自心即是幻化。推究六根与其所对六尘之自性，则见其自性空，空而能显，显不异空，显无自性，即如幻化。断除执著分别，于显空无执中入深禅定。"

本书的内容，是对这一古老智慧的通俗化表述和阐发，它远离名相，直指人心，有着穿透人心的力量。

要知道，执著是痛苦的来源，没有执著便没有痛苦。但许多时候，我们执著的，其实仅仅是一个概念和幻影。

要知道，我们眼前的一切，终究会消失。无数的物质、无数的财富、无数的人、无数的纠葛，都会随着岁月之水的冲刷消失于无迹，都会像破灭的水泡那样消失于亘古的暗夜。

我们的过去，我们的现在，我们的将来，都会成为记忆。而我们的记忆，也正被一种叫遗忘的大口吞噬着。我们能勉强留下来的，是相似于梦幻那点儿记忆。

许多时候，我们的记忆和当下对那记忆的解读，决定着我们的当下和未来。

我们能把握的，只有自己的心。我们的心，决定着当下。我们能把握的，只有当下。

因为岁月和万物的变化本质，我们的一切，都免不了"生老病死"，所以，世界的本质是苦的，这便是佛教"有漏皆苦"的含义。也正因为人生是苦的，我们才需要一种能让我们"乐"的精神，这便是佛教的世间法意义。当我们实现了这一点时，我们就能从苦中解脱出来，进入清净之乐，从而实现出世间意义上的自由。世间法的乐是有条件的，出世间的乐是无条件的。后者的乐，其实只是发现真相后的破执和超越。

那真相，便是本书的内容，本书书名概括了它："世界是心的倒影"。关于它，在我的《无死的金刚心》中，也有非常形象的表述，有兴趣的朋友可以一阅。

当我们真正读懂了此书，并能生起妙用时，就真的能"离苦得乐"了。

是为序。

世 界 是 心 的 倒 影

第一辑

First

不变的真相

世上没有一样东西能够永恒

美丽也罢，丑陋也罢，拥有也罢，失去也罢，世界上没有一样东西能够永恒存在，更没有一种状态能够永恒存在。世界就是这样。世上一切都是巨大的假象。为啥说它们是假象？因为它们不会永恒，却让你以为它们永远都会这样。这个错误，我们称之为"认假成真"。

要是你没深入了解过佛家智慧，"一切有为法，如梦幻泡影"的道理，就一定会让你觉得头晕脑涨、不可思议，或许多少还会有些排斥。我能理解。毕竟那些小车、楼房啥的，看得见也摸得着，它们就是我们生活的全部。真真切切的它们，咋就变成梦幻泡影了呢？问得好。其实，佛家并不否认它们的这种真实，但它强调说，它们的存在，是一种显现上的存在，是阶段性的，不会永恒。

世界上的一切都在不断变化着。有些变化会影响事物的表面，你看得见，但有些变化却非常细微，而且发生在事物内部，它们就像人群中的伪君子一样，编织着人们喜闻乐见的谎言，甚至将许多聪明人都玩弄于股掌之间。

　　举个简单的例子：美丽的女孩欣赏自己的美，男孩们也大多会被她的美貌俘虏，但这美貌明明不会永恒。女孩总会长出白发、皱纹，总会显出老态，更别提她身上那些微细变化，细胞的忽生忽灭，想法的瞬息万变……而且，她跟长相平凡的女子一样，体内有污血，皮肤上沾满了细菌，那躯体也由白骨所支撑。但女孩自己并没有意识到这一点，她花了大量金钱和时间，买了大量的护肤品，上了许多次的美容院。为啥？因为她不想变老，也不想变丑。男孩们也没有意识到这一点，他们为美丽的女孩争风吃醋，斗得你死我活，可他们不明白，苦心霸占的美丽，总还是会被时光抢走的。

　　事实上，美丽也罢，丑陋也罢，拥有也罢，失去也罢，世界上没有一样东西能够永恒存在，更没有一种状态能够永恒存在。世界就是这样。世上一切都是巨大的假象。为啥说它们是假象？因为它们不会永恒，却让你以为它们永远都会这样。这个错误，我们称之为"认假成真"。

　　万物没有永恒不变的自性，是无我的，是无常的，但因缘聚合之后，就会示现出各种现象。我们看到的外部世界，便是因缘聚合的，当然也归于空性，是无常的。而且，很多时候，我们看到的并不是事物的真实面目，只是自心的显现。万法唯心造，说的就是这个意思。比如，对寒风中的乞丐来说，有衣服穿，有饱饭吃，这就是天堂。假如有一天，这个乞丐变成了富翁，那么他的天堂又会是另外一番景象。就是这样。

那么，到底有没有真实存在的东西？还是有的，不过，它们的有仅仅是"缘起的有"。比如说我们喝水用的杯子，它也没有一个能够永恒不变的本体，我们故名之为"空"，并不是说没有这个杯子。到目前为止，杯子还是存在的，但它没有一个永恒不变的本体。它们既是真实的存在，又是短暂的现象。因为，下一个瞬间，情况或许就会变得不太一样。变化，是这个世界的真相，不管你如何排斥它，总还是会不断与它狭路相逢。

一个年轻的朋友给我讲过一个故事：她曾经是个很没有安全感的人，害怕未知，总想控制身边的一切。有一天，她年轻的丈夫却突然去世了。丈夫去世的三个小时之前，两人还通过电话。经历了这件事之后，她才发现，自己真正能够控制的，只有自己的心。她对我说，她和丈夫本来商量好，下个月要去补度蜜月、补拍婚纱照，再下个月要孩子，两年后回丈夫的老家发展，但这一切都变成了一场梦。

但一切本就是一场梦。她老公的存在是一场梦，若干年后，她的存在也会变成一场梦。还有什么需要计较，又有什么是计较得来的？当你真正明白世间的无常，你就会理解这句话。幸好，变化带来的，并不都是痛苦和无奈，它也意味着，一切痛苦和无奈都会过去。

那朋友还告诉我，丈夫死去的第一个月当中，她就像活在地狱里一样，每天都害怕醒来，每天都盼望着在梦中与丈夫重聚，心像在业火中烧，身却像置身冰窖般寒冷。她说，她每天待在冷清的屋子里，不见任何朋友，也不吃饭，整个人像被榨干了一样，但是，这样的痛苦还是消失了。她终于明白，世间的一切，都像阳光下的露珠一样，转眼就会蒸发，一切都不会永恒。

我弟弟二十七岁就死去了，看过《大漠祭》的朋友们都知道，他的死对当时的我来说，无疑是一种致命的打击，但它同时也打碎了我对生命的幻觉，打碎了我的好多执著。那之后不久，我也就彻底明白了什么是世界的真相。我知道，不管你执著还是不执著，世界都一直在变。白昼总会走入黑夜，黑夜总会迎来黎明，孩子会慢慢长大，父母会渐渐老去。人生中所有的故事，亲历的也罢，耳闻的也罢，都像记忆中的水花，夜空中的闪电，稍瞬即逝。

每一个经历，每一个事物，每一个人，都是一种现象性的东西，不会永恒，也没有固定的属性。好也罢，坏也罢，都只存在于你当下的解读。所以说，何必把每一个经历都看得太实在？何必在意那些不断改变的现象？把握当下、品味当下、享受当下，汲取当下的营养，让过去归于过去，把未来留给未来，这才是一种健康的生活态度。

世 界 是 心 的 倒 影

世上的一切，究其根本，都会变成记忆，记忆跟幻觉没有两样，所以说，生命是一个巨大的幻觉。

你快乐时，世界在变化着，你本身也在变化着；你痛苦时，这变化也不会因为你的痛苦，而有一刻的停息。无常，是生命能够延续的前提，也是我们本身就一直在遵循着的规律。它本身并不可怕。

人非常有趣，因为，大部分人只愿接受事物讨喜的一面，对于它不讨喜的一面，总是下意识地回避。所以，对自己的选择带来的后果，他们总是不愿坦然承担。

举几个简单的例子：很多人都喜欢带着老婆孩子外出游玩，但遇上塞车、排队，总是诸多怨言；很多女孩都喜欢吃大量甜食，但发胖的时候，却又后悔不已；很多男孩都喜欢漂亮的女孩，可一旦这女孩变成自己的女友，却又害怕她受到别人的青睐……生活中，这样的例子实在是数不胜数。

这是什么意思呢？这是说，我们看不清事物的真实面目，是因为偏见阻碍了视线。所以，我们才会那么抗拒无常。事实上，正如过量的甜食会让人发胖一样，无常也是自然规律。两者之间唯一的区别在于，你可以不吃甜食，但你却无法抗拒变化。

你还会发现，自己对"未知"的恐惧，正是缘于一种对"变化"的抗拒。大部分人都喜欢稳定，喜欢让一切维持在原有状态，任何一种"失去"的可能，都会让我们战栗不已。然而，这种惧怕除了让自己难受之外，再起不了更多的作用。因为，自然规律远比生命个体更为强大。或许我们可以通过某种方法，尝试延缓变化的过程，但我们始终无法阻止变化的产生。但是，这跟快乐又有什么绝对的关系呢？你快乐时，世界在变化着，你本身也在变化着；你痛苦时，这变化也不会因为你的痛苦，而有一刻的停息。无常，是生命能够延续的前提，也是我们本身就一直在遵循着的规律。它本身并不可怕。

那么，我们为啥还那么害怕"未知"呢？因为我们认假成真，害怕承受一种失去的痛苦，对一切，我们都不愿放手。但很多时候，你不愿放，还是要放的。再者，一旦你坦然接受这"失去"，又会发现，原来它并没你想象中那么可怕。为啥？因为世上的一切，究其根本，都会变成记忆，记忆跟幻觉没有两样，所以可以这样说——生命是一个巨大的幻觉。

举个例子，我住的那个楼房存在吗？它当然存在，它能为我和家人遮风挡雨，能收纳我所有的心爱之物，我的书，我的石头，我的字画，等等。但它不是本有的，它只是一种现象，没有永恒不变的自性。若干年前，这儿一片空旷，是一块坟地。我的爷爷曾在离这儿不远的地方盖了个小房子拾粪，拾铁路上的粪。他把粪拣到住的房子里，堆在当地，怕人偷粪，就在房中吃、睡。在他的眼里，这粪比什么都重要，不能丢了。但他就是不明白，这粪也是因缘聚合之物，这个房子也是因缘聚合之物。几年后，房子就被拆了，坟地也被平了，种上了庄稼；再过十多年，庄稼地成了一个村庄，人们为了争盖房子的地，还打得头破血流。这些人不知道，这个村子也是因缘和合之物。他们不知道，多年之后，这块土地会被房地产开发商买了去，把村子推平，修成了一座现代化的住宅小区。后来，我买了其中的一套楼，住了进来。于是，空荡荡的楼房里又盛满了我的东西。但这并不是终点，它还会一直变化，会无休止地变化下去。因为，无论村子、楼或是土地，都没有永恒不变的本体。由于因缘聚合，它们有了诸多显现，我们称之为缘起；但它们的本质却是无自性的，它们在时时刻刻发生着变化，所以又叫性空。

世上一切在诞生、成长之后，都会以某个状态停驻一段时间，然后腐化、坏灭、幻变，最后消失。缘起性空是世界运作的规律，所有东西都是如此。明白这一点的时候，你再来反思生命中的所有事情，心里自然会少了许多迷惑与情绪，多了一份清醒与淡然。

一个朋友告诉我，她上大学的时候曾经喜欢过一个男孩子，对他非常好，后来两人走得越来越近，那男孩也对她产生了一种依恋。但是有一天，她突然失去了所有的感觉，然后毫不犹豫地离开了男孩的世界。类似的事情发生过好多次，她问我，自己是不是一个奇怪的人？我对她说，不是这样的。

　　其实，男女之间的爱是小爱，它是一种感觉，也是一种情绪。它的产生也罢，保鲜也罢，都需要一定的条件。当这些条件不断变化的时候，它就会经历诞生、热烈、平淡、衰亡的过程。比如，你因为女人的美而爱她，那她不美了的时候，你还爱她吗？你与某人因志同道合而相爱，当你们的追求不再一致的时候，你还爱他吗？你因为女人对你的好而爱她，她对你没以前那么好的时候，你对她的爱还始终如一吗？你因为某人懂你而爱他，那他要是读不懂你了，你还会爱他吗……促使人们相爱的条件一直在变，所以能一辈子相爱的人非常少。许多情侣生活得久了，爱情就会转化为一种亲情，或是一种习惯。能够携手终老的人们，依靠的必然不是一种浪漫但易变的感觉。而且，即便人们能一辈子相爱，终究还是会被死亡分开。所以，爱情不可能永恒。

　　那么，什么才是永恒之物呢？无常，唯有无常，才是这世上永恒的真理。不过，这并不意味着你应该随随便便地对待爱情与人生。相反，明白这一点之后，你应该从过去的所有伤痕，以及对未来的所有不安中脱身出来，尽情享受与珍惜生命中的每一个当下，不要再煞费苦心地，强求那并不存在的永恒。

　　阶段性的，不会永恒。

过去的一切，所有的时光都像流水一样，昼夜不停地流淌、消逝着。一切事物、一切现象都如水泡一样，生的生，灭的灭。人类死掉一茬，生下一茬，生生死死，死死生生，就好像是水面上的光波一样，闪烁不停。

假如你有观察的习惯，一定会发现一个非常有趣的规律。啥规律？你找不到任何一个独立存在的物体，也找不到任何一件独立存在的事情。这世上，没有无因之果，也没有无果之因。埋进地里的种子过早夭折，是因为没有得到播种人的悉心照顾，夭折了的它，就不再是种子，变成了土壤里的养分。

世界就是在这样的一环扣一环中，不断流转，不断循环。所以，它并不像表面看起来那样，由无数个独立的个体组成。有时候，一个看似不经意的选择，可能会将你人生的小舟，引向一个完全不同的港湾。这个规律被人们称为"多米诺骨牌效应"

或者"蝴蝶效应",佛家则称之为"因缘"。因缘的相续,是生命不断流转的原因,正是它,构成了一个又一个的变化。

有一句歌词里说道,"有缘千里来相会,无缘对面手难牵",这恰好道出了世界的真相。啥真相?世间一切,合理也罢,不合理也罢,都是因缘聚合的结果。没有因缘的聚合,就没有现象的出现;相反,因缘一旦解体,现象也会随之消失。而且,这个现象的消失,又意味着另一个现象的诞生。因为,往往是一种因缘的消散,正好是另一种因缘的开始。这就是整个世界运作的规律。真正明白了"因缘",也就明白了什么是无常。

我举个简单的例子,如果你不喜欢雨季,就会觉得下雨是一种滋扰,它给你带来了大量的麻烦,你的鞋总是被打湿,你洗的衣服老干不了。但是,假如你每天都能跟心爱的女孩打同一把伞,漫步在雨里,享受雨的浪漫,那你一定恨不得天天都下雨吧。

所以说,你不用过于在意世界上的一切,因为无论你在不在意,它们都一定会变化。杰出的也许会堕落,平凡的或许会伟大,成功的也许会失败,失败的可能又会成功,这世上哪有什么必然?我们的情绪总像飓风中的海浪,此起彼伏,对他人的看法也随着见闻不断改变,又有什么不会过去?没必要为了眼前的逆境而辗转反侧,也不应该因一时的顺境而沾沾自喜。因缘的流转,意味着生命中有太多可能,而我们应该去做,且能够做到的,仅仅是清醒和珍惜。

你知道,我们的每一种选择,每一个行为的后果,都是下一种选择、下一个行为的原因。露珠在阳光下蒸发了,变成水蒸气,升上天空，原来的树叶上没了它的踪影，天空中却多了一缕润湿；当无数的润湿遭遇了冷空气，或许又会成为云，恰逢适当的条件，再变成雨，回到地上。就是这样。因与果之间的循环，未曾有过一刻的断裂，这也是世界的运作、世间的变化不曾停顿的原因。于是，我们有了时光推移的幻觉，有了记忆的更替。

某个昏黄的午后，你站在洒满夕阳余晖的阳台上，回忆以往的点点滴滴。你或许会感到，过去的一切，所有的时光都像流水一样，昼夜不停地流淌、消逝着。一切事物、一切现象都如水泡一样，生的生，灭的灭。人类死掉一茬，生下一茬，生生死死，死死生生，就好像是水面上的光波一样，闪烁不停。

其实，世上万物都是这个样子。你观因缘时，种种现象一样要观，能观到这些现象，就意味着你产生了一种智慧。佛家有"十二因缘"的说法，它指的是从缘起到缘灭的十二个环节：

第一是无明，即无知、愚昧，它是人受困于各种因缘的根本原因；

第二是行，即说了什么话、做了什么事、有了怎样的思维；

第三是识，即如何解读外缘，这跟一个人的心有关，是滋生行为的种子；

第四是名色，即与眼耳鼻舌身意无关的固有概念与观点等等；

第五是六入，即通过眼耳鼻舌身意这六根来获取外界信息，借以认知世界；

第六是触，即触觉，以及接触的瞬间所形成的感受；

第七是受，即承受、接受某种感受或者某种后果；

第八是爱，即贪恋，沉迷于一种感觉或情绪当中，不愿意放手；

第九是取，即追逐欲望，索取更多；

第十是有，即拥有或存在，这种拥有与存在是虚幻无常的，相当于和合作用的开始；

十一是生，即一种虚幻无常的出现、诞生、产生；

十二是老死，即构成事物、现象的因缘消散，事物、现象随之发生转变。

所谓"无明缘行，行缘识，识缘名色，名色缘六入，六入缘触，触缘受，受缘爱，爱缘取，取缘有，有缘生，生缘老死。"就是说，我们的无知导致了各种行为、语言与意识，这些东西会形成我们对整个世界的解读，久而久之，这种解读就会形成固有概念与偏见，当你通过眼耳鼻舌身意接触世界时，就会在固有概念与偏见的影响下，对世界产生偏见。你的偏见，又将影响你在接触事物时得到的感受，你贪恋这种感受的时候，就想要保住它，甚至想索取更多，然后你就会在欲望的推动下做出带有偏见的选择，选择将会产生一个结果，但是结果的产生同时又意味着，它会随着以上因素的改变而发生改变。

这个过程，就像是一条沾满了汽油的棉线，当你点燃了"棉线"的源头，也就是用智慧看破无明的时候，火焰就会一直蔓延下去，把整条棉线都烧个精光。这时，你的心就从没完没了的轮回中解放了出来。所谓："无明灭则行灭，行灭则识灭，识灭则名色灭，名色灭则六入灭，六入灭则触灭，触灭则受灭，受灭则爱灭，爱灭则取灭，取灭则有灭，有灭则生灭，生灭则老死灭。"

过去的一切，所有的
时光都像流水一样，昼夜
不停地流淌、消逝着。

生命是一个巨大的梦境

大部分人都习惯于忘记"变化"的存在，总是不能发现，整个世界都像梦境一样变化多端。我们总以为这些多变的景致会是永恒，才会为得到而沾沾自喜，为失去而充满忧伤，为未知而惴惴不安。当我们明白一切都犹如梦幻，还会有这么多的在乎吗？

生命像是一班无始无终的列车，你记不得自己什么时候上车，你只知道自己穿着什么样的衣服，哪些人跟你聊过天，哪些人与你擦肩而过。你知道沿途有过一些什么样的故事，但你难免忘却。突然，某个时刻你累了，于是，死亡出现了。仅仅一个刹那，一切好像又从头开始了。不过你不记得这是新的开始，你完全忘记曾经有过的另一段旅途，曾经穿过的另一件衣服，曾经遇到、记得、遗忘过的另一些人，曾经遭遇过、忘却过的另一些事，你只当这就是唯一的开始。

这是佛家观点中的生死轮回，它是活在艺术中的美，真正的轮回却只有苦。但轮回真的存在吗？或许它只是一种意象，或许真的存在。但可以肯定的是，我们每个人、每一天，都不断在经历着轮回：轻松快意的瞬间，是天人；仇恨愤怒的瞬间，是阿修罗；愚昧无知的瞬间，是畜生；痛苦不堪的瞬间，是地狱；充满欲望的瞬间，是饿鬼；欲望与良知苦苦纠缠，便是人。

导致这情绪之轮回的原因，也是"因缘"吗？是可以这么说，但它更应该缘于我们的坏记性。大部分人都习惯于忘记"变化"的存在，总是不能发现，整个世界都像梦境一样变化多端。我们总以为这些多变的景致会是永恒，才会为得到而沾沾自喜，为失去而充满忧伤，为未知而惴惴不安。当我们明白一切都犹如梦幻，还会有这么多的在乎吗？

闭上眼睛，回忆过往的许多梦境，想象自己还在梦中：那些或美妙，或恐怖，可凄婉，或荒谬的梦们，难道不像电影那样让你回味无穷吗？但是，你为何不贪恋梦的美妙，为何不为梦的凄婉而忧伤，为何不为梦的恐怖而惶恐不已？因为你明白，梦中的得失，并不是真实的存在。假如你能进一步明白，现实也是一场以假乱真的梦，你就能活得非常自在。

我曾经修炼过一种"梦观成就法"，它非常有趣且有效。修炼后，你会慢慢地掌握梦境的控制权。控制梦境的感觉非常美妙，因为你既是主角又是演员，既是参与者又是旁观者，你会因此体验到主宰心灵的快乐。当你体验过这种快乐的时候，就会发现，外部世界带来的所有快感，都比不上心灵的自主与自由。

举个例子，在梦里，你也许会遇见一个自己为之动心的人，并且毫无保留地奉上你的爱与真诚，因为你明知这是一场梦，无论失去还是得到都只是虚幻的存在，跟电影没有任何区别，你只管全心全意地饰演那主角，不必在乎恋情的结果，这样一来，你就会尽情享受恋爱的过程，微笑和眼泪都成了同一种诗意与浪漫；在梦里，你也许会遇见一只可怕的猛兽，它的牙缝里还塞着一些断手残肢，但是胆小的你竟不怕它，因为你知道，在梦里，生死都是假象，你一边逃跑，一边寻找反击的武器和机会，你捡到一支锋利的矛，然后在它向你咬来的那个瞬间，准确而迅速地用矛贯穿它的头颅，你成功地玩了一把心跳……

不计较结果，这就是梦境的好处。或许在被绝大多数人当作现实的这场梦里，我们不会遇上猛兽，也不会飞上天空，但我们绝对可以像在梦里那样，把得失看得很淡。如何看淡？随顺因缘，不将闲事挂心头，也就是放下一切。

有的男女恋人之间一听到对方说"放下一切"，就觉得非常可怕。因为，他们衡量对方是否重视自己的标准，往往是看对方会不会因自己产生剧烈的情绪波动。这对吗？当然不对，会因为你而产生一种强烈的情绪波动，这仅仅说明你能够激起他的某种欲望，比如，情欲、占有欲、控制欲等等。真正的爱情应该是更加博大的。如果一个人真的爱你，他就会像对待自己的生命一样尊重和珍惜你，为了让你幸福、快乐，他可以忽略自己的感受，甚至奉献自己。真正的爱，是一种无我，它与宗教精神是非常相似的。

可惜，有的人总是执著于男女间的一种好感，总是想千方百计地留住它。有的人在不能占有倾慕对象的时候，不惜将其毁掉，也不愿让别人拥有她。比如，一个学生曾经告诉我，他们单位的一个人喜欢上同单位的一个女孩，但表白之后遭到了拒绝，于是有一天他强奸了那个女孩，还把她杀害了，埋尸于大楼顶层。那个学生问我，这是爱吗？我告诉她，这绝对不是爱！世界上绝对没有一种爱情，会让人们去伤害自己所爱的人。这种所谓的"爱"，只是一种看起来很像爱情的欲望。好多人都把情欲当成了爱情，所以这世上才出现了好多以"爱"为名的凶手。正是因为好多人在能够相爱的时候，却不懂爱情，明白爱情的时候往往失去了爱的机会，所以，一些人在看破红尘之后，才会将建立在某个人身上的爱情，转化为一种以众生为对象的大爱，一种与爱情非常相似的宗教精神。

诸如此类的误解，在人生中还有好多，所以佛家认为，人类之所以痛苦，归根结底，还是因为愚痴。因为愚痴，所以认假成真，执幻为实。把明明虚幻无常的东西看得非常实在，我们就会在它消亡时感到痛苦。这就像你明明不可能抓住掌心里的水，却不肯面对这一点，反而一直纠结于握拳的时间与方式，那又有什么真正的意义？当你明白，连生命都是一个巨大的幻觉时，对一切都会变得没那么在乎。

我们认为，生是生命的开始，死是生命的终结，但这并不是生命的真相。因缘是不断流转的，生命也是不断流转的。你一定见过孩子们在沙滩上砌出来的小城堡，它有固定不变的自性吗？它是沙，是城堡，还是两样都是，抑或两样都不是？实际上，它只是一些元素聚合而成的一种现象，当旧因缘消散，新的因缘加入——比如海风和大浪的侵蚀——它就会变成另外一种东西，它没有不变的自性。人类也是如此，世界上所有的现象都是如此，包括生与死。生和死，意味着状态的切换，意味着特征更加明显、更容易被肉眼和意识所捕捉的改变。改变，并不仅仅发生在生与死的瞬间，就像楼房会折旧一样，人也不断在衰老着，还有很多更细微的改变每时每刻都在发生，比如细胞的新陈代谢与想法的日新月异等等。

明白了这一点，你就会明白，生命，其实只是一个巨大的梦境。

轻松快意的瞬间，是天人；仇恨愤怒的瞬间，是阿修罗；愚昧无知的瞬间，是畜生；痛苦不堪的瞬间，是地狱；充满欲望的瞬间，是饿鬼；欲望与良知苦苦纠缠，便是人。

由内至外，我们都无法找到一个不变的"我"。既然没有不变的"我"，又何来"我的"家，"我的"房子，"我的"车等等一切呢？

我们说，生命的真相是一个巨大的梦境，那么人呢，什么才是"人"的真相？

人的真相，也是一场幻觉，一种元素组合的游戏。就像孩子们玩积木一样。某个时刻，孩子们用一些积木堆砌出一座小小的城堡，这座"城堡"在某段相对时间内是存在的，但是他们很快就会把它推翻，再堆出其他的东西。所以说，"城堡"的存在是一场幻觉，它会随着组成元素的解体而随时分崩离析，人的生命及人本身也是一样。我们的想法、情绪、健康状况、身体内部环境、外貌、命运等等，都会随着因缘的不断流转而时刻改变，没有一个固定不变的状态，没有一个不会历经生再走向死的独立个体。所以，从终极意义上来说，并没有确实存在的"积木城堡"，也没有确实存在的"人"，一切都是被冠以某个名称以示细微区别、实则本质相同的"现象"。如果说我们和积木之间还有什么较大的区别，那么就是我们有"灵魂"——我指的是非"神我"的灵魂——具有且能够认知真心、了悟生命的真相。

如果你的心灵被欲望所蒙昧，你就无法认知真心，也无法了悟生命的真相。你会以为这世上真的存在一个"我"，他在不断拥有着和失去着。其实这个所谓的"我"只不过是另一种因缘聚合之物：我们的肉体并不是本有的，它的诞生、健康、成长需要依赖于很多外部的条件，比如父母的结合、良好的伙食、充足的营养、安全的成长环境，等等，而且我们的细胞不断生生灭灭，我们的生命机能与外表不断改变；我们的知识、观念、习惯、行为准则，甚至个性，也都不是本有的，它们也是因缘聚合之物，并不断在外境的作用下发生各种变化。那么，由内至外，我们都无法找到一个不变的"我"。既然没有不变的"我"，又何来"我的"家，"我的"房子，"我的"车等一切呢？

本质上来说，整个世界都是如此，它与我们是平等的，是没有任何分别的，因此也就不存在什么立场与角度的对立。好多人的烦恼在于他们不明白这一点，非要把自己与外部世界对立起来，什么都要分个"你我"，将大量脑力与时间花费在计较和算计上面，便出现了许多的执著。于是，处于顺境的人忙着追求更高的欲望，处于逆境中的人则忙着怨恨，甚至报复不能满足自己欲望的外部世界。

所谓的外部世界是什么呢？实际上，它只是各种现象在我们内心的投射，当我们还没开悟的时候，就只能自以为是地解读世界，这种解读不能代表世界的真相。比如，你听到有人骂你，觉得自己受到了侮辱，所以感到非常气愤。但事实上，侮辱也好，气愤也好，还是你的耳朵和心灵相互作用的产物。要是你没听见，或者你不在乎的话，别人的骂能伤得了你的心吗？所以说惩罚自己的还是自己的心。

我经常直言不讳地在文章中说出自己的观点，所以很难让所有人都喜欢我，时常有朋友说某人又在骂我，我通常一笑置之，反而在朋友们把我捧上天的时候，我才写下"雪漠是个驴"之类的偈子来表白自己。为什么？因为我知道这个世界是幻化的，一切都是记忆。随着因缘的流转，曾经谩骂过你的人，可能会变成你最忠实的朋友；曾经称赞过你的人，也许会千方百计地想把你打入谷底。世上的一切都不是固定不变的。所以我不在乎它，也没时间在乎它，我只管珍惜宝贵的生命时光，以合适的方法多做些对世界有益的事情，至于世界是否会接纳我，是否会迎合我，那是世界的事，我已做好我该做的，也便足够了。

很多时候，多想想生命中的许多变化，就会对个人得失看得越来越淡。毕竟，连我们那相伴一生的身体，也不是永恒之物。

最初我们只是一颗受精卵，在各种条件的组合之下发育成形，然后诞生。我们从一个小猫大的婴儿，长成一个能够独立生活、承担责任、组建家庭的大人，其间的变化不可谓不大。但是，在我们欣然接受这些有趣变化的同时，也必须接受一些没那么有趣的改变，比如身体的衰老、体力的下降、美丽的销蚀等等。因为，我们的身体本质上跟房子、书桌一样，都是因缘聚合之物，难免会随着旧因缘的消散与新因缘的和合而发生改变。

矛盾的是，我们在疯狂赚钱、抽烟、喝酒、狂欢的时候，却完全没有意识到自己正在制造一些衰老的助缘，更没意识到这会减少我们的生命时间。我们总是觉得自己能够再多活个几十年，但谁知道呢？所以我说，肉体是个巨大的谎言。建立在肉体上的美丽更是一个巨大的谎言，是一个能取悦他人与自己，也能引起欲望、嗔恨与纷争的假象。

有一部电影里描述了一个可笑但也可悲的故事，征战十年，尸横遍野，不过是因为男人们想将女人的美丽据为己有。这是多么荒唐的事情！但历史上这样的事情却很多，古今中外都是如此。这是为了什么？因为欲望与妄想蒙蔽了人们的眼睛，让人看不清真相。

当你见到实相光明，消除了许多欲望与妄念之后，就会发现世上许许多多的概念，也不过是概念而已，是人为的"标签"。真相远比概念更加简单。当你明白这一点的时候，就会发现，所有的得失都只是一场梦。你还会发现，自己光顾着做梦，反而忘记去做一些真正有意义、真正能创造价值的事情。有的时候，它甚至会成为你这辈子无法弥补的遗憾。

世 界 是 心 的 倒 影

夜深人静又无法成眠的时候，你是否曾经叩问心灵这样一个问题："人为什么活着？"生、老、病、死，爱别离，恨相聚，求不得，贪嗔痴慢妒五毒炽盛，人生有太多的苦，唯一的归宿又是死亡，就连地球，也难免面临陨灭的一天。那么人为什么要经历这一切，苦苦地活下去？

总有人问我，命运是不是由业造，命运是不是早已定数？我告诉他们，"定数"是死了的心的程序。活的人可以造缘。心变则命变。行善，造善业，获得善的反作用力；行恶，造恶业，获得恶的反作用力。所有选择、行为、后果，都逃不出他的"心"去。所以我常说："大善铸心，命由心造。"

在形形色色的人群中，你会看到两种命运：自私的人看重自己的得失，所有行为也必然首先维护自己的得失，这意味着他或许会说谎，甚至做一些损人利己的事情，他的行为必将引起别人的反感与戒备；无私的人重视事情本身，所有行为都是为了把事情做好，为了服务他人，那么哪怕能力不足，无法做到完美，他也必将赢得别人的信任，假如他不断强化自己的能力，自然就能获得更多的机遇。

我在农村长大，没有背景，也没有强大的经济后盾，我经历了许多世人眼里的坎坷、挫折，甚至一些可以算得上厄运的东西，但是它们从来没有动摇过我的梦想与追求，反而统统成了我实现梦想的梯子。这是为什么？因为我把它们都化为了生命的营养，在它们的滋养下，我的心灵一天比一天更加强大。而且，虽然我懒于经营人际关系，也懒于做一些聪明人都乐此不疲的事情，但是我的生命中仍然出现过好些贵人，他们非常无私地为我提供了许多帮助，也为我创造了许多宝贵的机会，为此，我非常感谢他们，同时我也明白，假如我是一个自私自利、夜郎自大、不思进取的人，这些机遇就会属于那些比我更值得拥有它们的人。

因此，我总是对学生们说，没有失败，只有放弃。我没有天才，也不勤奋。我只是朝着一个方向，每天走完自己该走的路，不停脚步，不乱走，不受诱惑，然后睡觉。有时，也会有一个女孩招手，我可以和她说几句话，但我不会忘记方向而奔向她。因为我明明知道，她会把我引向另一条路。当金钱向我招手时，我也不会过去。我一直认定自己的方向。别说我，就是一个蚂蚁，每天爬，爬上十年，也会爬出很长的路。成功就这么简单。可怕的仅仅是放弃，因为它代表了心的动摇。心念一旦动摇，所有的坚持都会失去意义，所有阻力都会显出前所未有的强大，你会不自觉地做出许多与以前不甚一致、甚至完全相左的选择。你也许会彻底失去方向，也许会日复一日地重复着模式化的生活，直到把宝贵的生命时光浪费得一干二净。到了年老的时候，你或许会靠在河边的栏杆上，茫然望着远方，叹一口气，然后对儿子说道："你老爸糊糊涂涂地过了一辈子，到了这个年纪，没有什么作为，也没有什么梦想。"几十年光阴竟然用一句话就总结了，那你人生中的许多起伏，又有什么意义？曾经有记者采访过一个牧童，记者问，你为什么放羊啊？牧童说，为了卖钱。再问，卖了钱想做啥？牧童又说，娶媳妇，养儿引孙。记者又问，将来打算让你的孩子做什么呢？牧童回答，放羊。现在好多人都是这样。努力学习为了将来找份好工作，找份好工作为了赚钱买房娶漂亮媳妇，娶漂亮媳妇为了优生优育，孩子长大再让他好好学习找份好工作……这样的生命轨迹，不是轮回，又是什么？这样活着的你，是否觉出自己无论活得如何"精彩"，也不过是拷贝着他人生命的模式，一种留不下任何痕迹、创造不了任何价值的生命模式？

当然，这样的活，也有它的好处，能够满足地这样活着的人，也能活出一些小小的惬意来。但是活着仅仅为了迎接将来的死去，你真的甘心吗？扪心自问，夜深人静又无法成眠的时候，你是否曾经叩问心灵这样一个问题："人为什么活着？"生、老、病、死，爱别离，恨相聚，求不得，贪嗔痴慢妒五毒炽盛，人生有太多的苦，唯一的归宿又是死亡，就连地球，也难免面临陨灭的一天。那么人为什么要经历这一切，苦苦地活下去？生命的长短有什么区别？为什么不能两眼一闭，索性当下就迎接那死亡？相信许多选择了自杀的人，都是因为无法解答这个问题，才决定结束自己的生命。如果他们知道生命有着无数的可能，也许就不会选择放弃它了。但失去了肉体的他们，可曾得到自己想要的解脱？

活着总比死了的好，因为只有活着，你才能弥补这辈子的许多遗憾，改写生命中的许多错误。但是这一切的前提是，你必须拥有一颗强大且充满智慧的心灵。

因为，你对世界的认知，是你心灵的显现，你的所有行为，也是你心灵的显现。比如同一家公司，你觉得它充满了钩心斗角和利益纷争，是火坑，但别人却认为它充满机遇与挑战，是锻炼身心的好地方；又比如，你家有 90 平方米，你仍嫌它太小，但来访的朋友却发出这样的感叹，我家才是你家的一半大！如果你明白了这一点，也就明白了一切都像阳光下的露珠和昨晚的梦，很快会消失，就不会再有那么多的计较了。你不计较好多东西的时候，才会发现，这个世界充满了等着你去吸收的营养，这个世界是个巨大的宝库。

我们为啥会在乎这么多东西呢？因为我们以为身体就是"我"，我们关注它的感受，在它的许多欲望中迷失自己的方向。但我们忘记了，这个肉体是容易毁坏的，是幻化的。无论我们怎样执著于它，它总会坏的。那么，我们就要在身体还存在的时候，做一些利益于众生的行为。你的行为构成了你的人生价值。要知道，肉体的存在，就像苍蝇飞过虚空，留不下一点痕迹的。而你的行为所承载的精神，会离开你的肉体桎梏而传播开来，成为人类的有益营养。明白了这一点后，我们就要在肉体消失之前，完成自己该做的事情，甚至建立不朽的功德利益众生，以实现你最高的人生价值。

你对世界的认知，是你心灵的显现，你的所有行为，也是你心灵的显现。

世 界 是 心 的 倒 影

第二辑

Second

发现生命本具的宝藏

你要用心灵感受世界，用心灵感受生活，用心灵感受生命本身，你要跟自己的灵魂对话，你要从各种生生灭灭的现象中归纳最朴素的真理，正如佛陀在菩提树下的经历一般。唯有如此，你才能发现生命本具的宝藏。

　　我的小说《西夏咒》里的主角琼是个很有意思的人，我指的是作为朝圣的苦行僧的那个琼，他实际上也是《大漠祭》里到他乡去寻梦的灵官。他走了很远的路，见识了很多人事物，但是没能找到所谓的圣地，后来他回到破败的金刚家，却在那里看到了金刚亥母（修行者的精神图腾之一）的种子字。他于是明白，自己一直寻找的地方正是自己的家乡。

　　多年来，我一直行进在"朝圣"途中，而从不去管我经历过什么寺院。某年，我朝拜了五台山的几乎所有寺院，但我没有记下一个名字。只记得，约有一个多月的时间里，我宁静地行走在那"朝"的途中。我心中的朝圣，不是去看哪座建筑或是地理风貌，而纯属对一种精神的向往和敬畏。我所有的朝圣仅仅是在净化自己的灵魂，使自己融入一团磅礴的大气而消解了"我执"。

理解这句话的字面意思并不难，但想要真正明白它，你就必须向内看，关注自己的心灵，把外部世界加诸于你的一切都忘记，包括各种常识、理论、知识与经验，甚至忘记你的肉体。你要用心灵感受世界，用心灵感受生活，用心灵感受生命本身，你要跟自己的灵魂对话，你要从各种生生灭灭的现象中归纳最朴素的真理，正如佛陀在菩提树下的经历一般。唯有如此，你才能发现生命本具的宝藏，获得一种解脱的智慧。

或者我们不应该说"获得"，因为这种智慧不是依赖他人赐予的，也不是一种发明，不是脱离于你的存在，它是一种本来就在那里的东西。那么我们换一种说法，用"开启"：开启你生命的智慧宝藏，开启你内心的神秘花园，开启你内在的快乐密码；也可以说"发现"：发现你本有的快乐，发现你本有的智慧光明。修行人们经年累月地苦修，不过是为了扫干净心里的陈年污垢，打破包裹心灵的硬甲，让自己的心变得柔软、敏锐，拥有一份了知一切、宽容一切但并非盲目的爱。这种爱，是建立在发现本有智慧之基础上的，这本有的智慧光明，就是心性的自然智慧，它是佛家所说的"本元心"，也叫真心。

真心一直伴随着众生的心性，没有间隔也不会有断续，只不过大多数人不能认知它而已。认知它的时候，真心就显现了。

不能认知它的时候，乌云就遮住了太阳。但不能说这时没太阳了。太阳一直都存在，只不过妄心的阴云遮盖住了太阳而已。

真心就像太阳，它虽然不具备太阳的热量，但却能照亮一个人心灵的暗夜，使人们告别所有的迷惑与茫然，洞悉生命的真相，找到人生的方向与活着的意义。正如打开窗帘，让明亮的阳光投入漆黑的屋子里一样，明心见性的那个刹那，一切都会变得清清楚楚、明明朗朗。明心见性，就是开悟，就是认知真心，见到空性。

当你的心灵变得空寂明朗的时候，你绝对舍不得用念头去打扰它，你会像品一杯上好的清茶一样品它。一切曾让你像饿狼追逐猎物一样追逐着它们的东西，这时都变得索然无味，你不明白自己为啥要忍受那么大的痛苦，不顾一切地追求它们，但是你也懒得再去想那原因。追过就追过吧，放弃就放弃吧，错误也罢，正确也罢，一切都过去了。你只想品那宁静，只想珍惜眼前拥有的一切，只想专注于每个当下。因为你明白，你能够控制的仅仅是当下而已。一切变得简单、自然，一切都像流水一样，不断行进着。你的思维，你的心，再不会被禁锢于往日的某个地方，你终于明白了什么叫"活在当下"。我的一个学生对我说，以前她总觉得自己生活的地方很大，大到能将她包围，它就是她的世界，但是当她坐上飞机，再低头俯视那一点点缩小的土地与建筑之时，她发现世界比自己想象中更加辽阔，它不只有她生活的城市、她身边的人，还有整个宇宙、不计其数的生灵。确实是这样。人，并不是世界和宇宙的主宰，每个人能够主宰的，仅仅只是自己的心灵。可一旦你真正成为心灵的主宰之时，你心中的世界便会整个改变模样，你对世界的感受也会截然不同。

真心是生命本具的东西，但并不是每个人都能认知它。对于俱足无伪信心的人来说，认知真心易如反掌；对于没有信心的人来说，认知真心难于登天。最难的地方，在于它"不可说，不可说，一说便错"。它跟爱一样，真正爱过的人，才知道爱是啥觉受。当你止息了所有杂念，观察自心时，你就会发现，你的心本是一颗晶莹剔透的水晶。这是无法用苍白的言语来描述的境界。因为，对于没喝过龙井的人来说，任何对龙井的描述，都不可能让他明白龙井的味道。所以，我只能引导你发现内心的宝藏，你必须自己去走这条追索之路。

这路也许不太好走，你会感到，自己仿佛在无尽的黑夜中穿行，饱受未知与迷茫的折磨，不知道前进的方向是否正确，也不知道何时才能走到黑夜的尽头，你甚至不知道这黑夜是否有着尽头。你的世界里似乎没有了白昼。黑暗中，你磕磕绊绊地向一个或许正确的方向跋涉，泥沙碎石磨伤了你的身体，地下的污水让你全身都湿透了。你很疲惫，但你不想放弃，你在一种巨大的向往中坚定地前行。你知道，走出黑夜就是你生命中最重要的事情。在这笃定中，会突然出现一团微弱的光明，那个瞬间，你的一切念头都消失了，你的心中只有清明与喜悦。你的跋涉终于有了方向，你的心里充满了力量。你倾听着心脏坚定的跳动，甚至不再惧怕所有障碍、污垢的伤害，你知道怎样去消解这种伤害，更觉得那也算不上是伤害。就像你明知自己深爱的人就在荆棘林的后面，为了见到她，你宁可忍受全身的刺痛，那痛楚总会消失，但曾经发生过的一切，却将成为你为爱而跋涉的证据。在与那痛楚的搏斗中，你的爱和你曾经脆弱的心灵一天一天变得强大、终至不会被外物所撼动，这过程，实在充满动人的诗意。

在与那痛楚的搏斗中，你的爱和你曾经脆弱的心灵一天一天变得强大、终至不会被外物所撼动，这过程，实在充满动人的诗意。

真正的快乐，是心中的一点光

很多以为自己懂得快乐的人，其实并不明白什么才是真正的快乐，他们总是把欲望满足时产生的快感，当作真正的快乐。比如，他们总认为，拥有的越多，人就会越快乐；名声越好，人就会越快乐。简言之，他们心目中的快乐，是必须建立在一定的物质条件上的。显然，这是一种很不牢靠的快乐。

除了爱情，世上最容易被人误解的词汇，恐怕就是快乐。很多以为自己懂得快乐的人，其实并不明白什么才是真正的快乐，他们总是把欲望满足时产生的快感，当作真正的快乐。比如，他们总认为，拥有的越多，人就会越快乐；名声越好，人就会越快乐。简言之，他们心目中的快乐，是必须建立在一定的物质条件上的。显然，这是一种很不牢靠的快乐。

因为，为了创造滋长"快乐"的条件，很多人不得不疲于奔命地追求一些外在的东西，他们中的一些人不断地获得，一些人不断地失去，一些人还在了无结果的追逐中，但谁也找不到真正的快乐：不断获得的人得到的不是他们真正想要的东西，而是一些无常的外物与更加无常的快感，因此，接踵而来的，必然是期待与现实不符所造成的失落；不断失去的人，以为他们只有获得才能得到快乐，但偏偏又不能如愿，于是他们也陷入巨大的失落；了无结果地追逐着的人，在追逐的过程中，甚至忘记了自己到底在寻找什么，他们只能跟从自己昨天的足迹，一步又一步盲目地走下去，离真正的快乐越来越远……其实，得到未必能快乐，失去也未必不能快乐，在路上的人更加未必不能快乐。

那么，到底什么才是真正的快乐呢？在我回答你的这个问题之前，恐怕你必须先对自己的心态做一个小小的调整，否则，你就未必能明白我说的话。你看，假如我对你说，真正的快乐仅仅是心灵的一种感受，你能明白这句话的全部意思吗，你能感受到一种灵魂的清凉吗？未必吧。因为，这是一种你或许并不熟悉，甚至从未接触过的价值观，它跟我一样，来自西部那块深沉厚重的黄土地，它跟现代人那种被物质填满的骄傲且偏执的心态，是截然不同的。所以，请你先试着把那些关于楼房、车子、工资、股票，甚至老婆、孩子等东西的理想模型都统统忘掉，至少暂时屏蔽掉它们。只有这样，你才能放下防备，进入我所描绘的那个"世界"……

我总是说，我不想改变世界，我想改变的只有我自己；我不想照亮世界，我想照亮的只有我自己；我不想用文学来让这个世界听我说话，也不想用写作来宣扬一些什么东西，我只不过是在文字世界里跟自己聊天而已。我修行的所有目的，也是为了让自己得到绝对的自由与快乐，仅此而已。

"凑巧"的是，这个世界上有太多与我有着相同需要的人，他们也在追求这种自由与快乐——毕竟，追求爱与自由，本就是人类的天性和本能——既然我比他们更早实现了它，就应该把方法和我走过的路都贡献出来。因此，我在所有的作品里面都说了许多人们未必能听懂，也未必有那耐心去听的话，但它们都是我心里的话。我相信，那些跟我有着同样频率的人，看到它们之后，总能会心一笑的，或许它们仅仅能带给这些朋友一份好心情、一点小感悟，这也很好。不过，有的朋友和学生们告诉我，我真心流露的这些话，甚至让他们重新拾回了生命的勇气、梦想和爱，让他们拥有了一种改变庸碌人生的力量。这很好。不过，它对我来说，倒并不是一件多么意外的事情，因为，我也是这样走过来的，其间的种种，我毕竟都懂。

虽然我一直是现在的这个样子：留着一把大胡子，总是穿着一件红色方格的长袖衣，一条淡蓝的牛仔裤，总是没事偷着乐，总是逍遥自在，旁若无人。但我也经历过一段灵魂追索的旅程，这一点，与所有寻觅快乐而不可得的孩子们没啥不同。所以，我真的懂他们，或许我也真的懂你。

你低头走着你的夜路，时而思量过去的许多事情，时而盘算未来的许多期望。你觉不出明月的存在。尤其在你走进树林或高楼大厦的遮挡之时，更觉得自己被无穷无尽的黑暗吞没了，四处是摇曳而诡秘的影子。你的心里因而充满了孤独、苍凉与恐慌。

但是，一旦你止息了无穷无尽的念想，抬起头，望向深邃的夜空，你就会发现，不知道从什么时候开始，这夜幕中，竟然有一轮皎洁的明月在陪伴着你。它宁静无语，却仿佛在静中透出温柔的笑来，这抹笑渗入你的心中，荡起一波温水似的情绪，你竟然觉出了万籁俱寂的夜之美妙。夜幕里跋涉着的你，从此变得不再孤独了，明月的笑充盈了你的心灵，使这路途也变得格外地具有诗意。

我写过一首打油诗，目的是消解一些人对我的"神化"，但它也表白了我的心："雪漠是个驴，低头走夜路。偶尔抬起头，看到天边月。求慧也无慧，求智也无智。只是心有光，从此不戚戚。"是的，明白的我，只是那头心中有光的驴子。

真正的快乐，其实很简单，它就是你心中的光。或许你会觉得不可思议，但事情往往就是这么简单，不是吗？你走遍天涯海角去寻找的那支世界上最美丽的郁金香，原来正盛开在自家的花园里，可惜你一直没有发现。当你像过去的我那样，"偶尔抬起头"，看到心中那轮静寂而诗意的月亮，你就会慢慢走出漫长的黑夜，从此不戚戚。

世 界 是 心 的 倒 影

如果你把快乐建立在因缘聚合之物上面，就意味着你的快乐是有条件的，一旦它依附之物随着因缘的离散而消亡，它也会随之消失。建立在外物上面的快乐，是不会永恒的，不管这个外物是什么东西。

或许有的朋友会问，真正的快乐，到底有多快乐呢，它跟快感到底有什么不同？我无法把这觉受塞到你的心里，但我可以告诉你，假如你认知了真心，便会发现，凭借外境所得到的一切快乐，都无法跟你内心本有的"天堂"相媲美。因为，外界的一切总在不断改变着。

比如，你为了买新款手机而省吃俭用，但它迟早会坏掉，更何况，你也许马上又开始期待另一款更新的手机了；再比如，你希望通过买一辆宝马车来让客户对你刮目相看，但是当你买了宝马车的时候，却发现对方已不在乎你开什么牌子的车，他们又开始在乎其他的东西了。这时候，你又该怎么办？

　　如果你把快乐建立在因缘聚合之物上面，就意味着你的快乐是有条件的，一旦它依附之物随着因缘的离散而消亡，它也会随之消失。而且，这种快乐只是一种感觉，感觉是一种记忆，记忆是会被忘掉的东西。那么，通过外物来让自己变得快乐的这个希望，无疑是一个巨大的矛盾。在这种期待中，你将不断品尝失落的痛苦，即使拥有，也会感到患得患失，无法享受拥有的快乐。可见，建立在外物上面的快乐，是不会永恒的，不管这个外物是什么东西。明白了这一点之后，你再来看许多自己曾经非常在乎的东西，就会发现它们其实没什么意义，世界上的一切都没什么真正的意义，因为一切都不会永恒。拥有和失去，并没有本质上的区别，所以一切都不值得在意。但这并不意味着一个人应该啥都不管，随随便便地混日子，相反，明白缘起缘灭的自然规律，是为了让自己拥有一个更加积极的人生。

　　我举个简单例子，如果你知道自己的爱人患上了绝症，她的生命也许只剩下一个月，你就会像疼爱稀世珍宝般地疼爱她，并且珍惜和享受与她共同度过的每一分每一秒，你甚至觉得只要她还活着，你就已经非常幸福了。这个时候，你不会在乎她对你好不好，有没有做好每一个生活上的细节，能不能做到你心目中的一百分。同样的道理，只有当你意识到所有东西都在不断变化的时候，你才会放下诸多的计较，好好地活在当下。

　　不过，这还是一种推理，推理是带着思维痕迹的。思维也是念头，是另外一种记忆。但真心不是逻辑，不是推理的结果，它是一种最本真的东西，是生命本具的智慧，它不是飘忽不定、瞬息万变的，它不随外境的变化而变化，它既无虚幻之生，也无虚幻之灭。但它同样不是空空荡荡，什么都没有的。什么都没有，死水一样的木然沉寂，那是顽空，不是真心。能生起妙用的才是真心。真心的妙用，就是觉醒于当下，明白于当下，觉悟于当下。也就是说，你时刻都要安住于真心，安住于空性，保持警觉，提起正念，不要让欲望左右你的心，也不要昏昏沉沉的，对啥都没任何反应。比如，知道自己口渴了就喝杯水，但不计较这水好不好喝，也不会纠结于自己为啥没买另一种饮料，这就是真心的妙用。我的写作是真心的妙用，我们为众生服务也是真心的妙用，真心的妙用是随缘的，没有任何固定的形式，可以遍及世间一切。你做任何事，都清醒、自主，不被私欲所左右，这就是真心生起妙用。因为你明白，世上一切都是记忆，吃了什么，喝了什么，跟谁聊过什么，别人说了你什么等等一切，都是过去了的东西，你计较与不计较，都不能真正改变什么，也没有什么不会过去。当你真正明白了这个事实之后，就不会失落，更不会感到痛苦。你会发觉，随缘确实是一个好东西，假如能够真正随缘，这个世界上就不存在任何"问题"，只有"现象"，没有任何"痛苦"，只有"经历"和"营养"。

可惜我们总是被世界的假象所迷惑。迷了的我们，会觉得自己遇上了过不去的关卡，觉得人生无法继续下去，看不到希望，身心皆疲。有时候，内心还会有另外一种声音趁机对我们说道：人为什么要活着呢？活着太累了，不如去死？死了，一切就都解决了，再也不用担心自己会被人瞧不起，再也不用担心饭碗不保，再也不用担心我爱的人抛弃我，再也不用担心一切的一切……所以，有一天，股票大跌，有人万念俱灰，就跳楼自杀了。谁知道他才落地，股票又开始反弹。他想象中的倾家荡产、妻离子散、露宿街头、食不果腹等"定数"，原来都会发生变化，只是他的猜想害了他。世界就是这样。巨大的灾难还是人的妄心造成的。

当你有足够的清醒和理智，能够跳出许多现象来客观评价自己的处境，就会发现，一切都充满了不确定性。这意味着，你当然要承担自己的选择与行为所产生的后果，但这后果未必像你想象中那样不能承受，因为世界是无常的，充满了各种变数。对于前面的那个可怜人而言，他的死亡是一种变数，股票的回升是一种变数，恐惧情绪的消散也是一种变数。再者，如果他能安住于真心，不受欲望的左右，清醒评价自己的承受能力，再进行投资，那么他就不会做出难以挽回的选择，更不会在投资失败之后放弃生命；甚至，如果他能安住于真心，可能就会把投资的钱用在发展公益事业，帮助他人上面，这也很好。这又是另一种变数。心变则世界变，命由心造，可惜他偏偏选择了死亡。所以，人的可悲之处，不在于遇到了什么事情，而在于用一种错误的态度面对人生。

当我们不能选择自己的命运时，其实还可以选择我们面对人生的态度。正如我的小说《大漠祭》中老顺常说的那句话："老天能给，老子就能受"。老天能给，是天的能耐；老子能受，是人的尊严。

　　有趣的是，当你以一种高贵的态度，坦然接受命运中的所有事情——包括那些大部分人都不愿意接受的事情的时候，你就会发现，原来再大的事情，也不过是记忆而已，无论是事情本身，还是痛苦、失落的情绪，都终究会过去，它们都不会永恒。

世 界 是 心 的 倒 影

大海的"真心"平如镜面，但外界影响它的时候，比如刮风之类的，那么大海就起了波浪，这时，妄心就出现了。当我们用智慧拒绝了外界诱惑，或是用戒的力量把外界的诱惑拒于心外的时候，心的大海就慢慢平息下来了。无波无纹的那种状态就是真心。

我在《西夏的苍狼》里描写过一个叫作白轻衣的"女子"，她是一个差点被消解的幽灵。为什么她会差点被消解？因为大部分人都不相信灵魂的存在，这种怀疑无时无刻不在消解着她，最终，连她自己都开始怀疑自己。后来，黑歌手的出现挽救了她。这个过程，其实也发生在我们的内心世界。在欲望的奴役之下，我们不断用一种功利思想消解着自己的灵魂，也消解着内心趋向于神性的那些向往。我们不知道自己只能在那向往中实现一种相对的永恒，却一直在虚幻无常的外部世界寻找永恒。这种无知不断消解着我们寻获快乐的力量，幸好真心一直静静地待在心中那个若隐若现的地方。它是无始无终、不生不灭，不会因误解而消融，也不会被忽略而抹杀的。《金刚经》中说道："无所从来，亦无所去，故名如来。"这如来，就是真心。

虽然真心是本来俱足的，但很多人都不能认知到它，不明真心的时候，妄心就会牵走你，你就又流于凡夫了。但有的时候，真心和妄心也会纠斗不休。真妄相攻的时候，你就仿佛变成了两个人，人格开始分裂，自己和另一个自己纠斗不休。

某部西方的动画电影曾经把这种"人格分裂"实体化，它们将"真心"人格化为天使，将"妄心"人格化为魔鬼，一旦受到某种外来的刺激，天使与魔鬼的对决便会在人的内心世界里一发不可收拾。这种比喻确实惟妙惟肖。佛家里面也常说"降魔"，但这个魔不是某种人格化或者动物化的魔鬼，正是蛊惑人心的妄念。妄念反映了人的欲望和偏见，它代表我们内心动物性的一面。它是一种能够以假乱真的幻觉，也是一种蒙眼布，它不愿让我们洞察事实的真相，因而时常匍匐在我们的耳边低语，扰乱我们的宁静，阻碍我们倾听真心的声音，尤其是在我们不明真心的时候。它指向的，往往是饿鬼般的贪婪、阿修罗般的嗔恨，和畜牲般的愚痴。如果不能明白真心，盲目听从妄念的指引，你就绝对无法抵达魂萦梦系的彼岸，更无法得到绝对的快乐与自由。因为，当你纠缠于妄念当中的时候，往往会把妄念当成了"他"，把自心当成了"我"。这时，你的心里就会出现一种强烈的二元对立，在这种对立当中，你会把自己与外部世界分得一清二楚，不管做什么事都要分个你我。我失去了啥；你得到了啥；本应属于我的东西，却被你夺走了；我付出了那么多，你却没有给我相应的回报……这些东西本都是虚幻的记忆，得也罢，失也罢，都是无常的现象，本质上是一个东西。但是当你因妄念而迷乱的时候，就会认假成真，把幻觉当成真实，做出种种愚痴的行为，这些行为导致了相应的业力。造了善因向上，造了恶因堕落，于是就出现了六道轮回。但即使在这个时候，真心仍然是不动不摇的。它就像扎根于磐石上的松树一样，枝虽摇动，根却咬住根本。当你安住于真心，明白所有一切都是梦幻泡影，瞬息万变，不值得在意的同时，轮回的幻象就会像艳阳下的露珠一样消失。

所以说，妄念非常可怕，它会让你远离爱与智慧，执著于虚幻的个人得失，将各种简单的事情复杂化；它还会让你沉浸在莫名其妙的情绪里，浪费大量的生命时光，用误解粉碎你的幸福与快乐，甚至让你陷入虚幻的痛苦当中，觉得人生无力为继。只有认知真心、安住于真心，你才能摆脱妄心的蒙骗和左右，窥破所有假象，直抵最质朴简单的真相。

见到真心，认知真心，忆持真心，保任真心，这就是佛家中所说的"开悟"。开悟之后，妄心还是存在的。就像大海上出现了一个波浪，不再水平如镜了。大海的"真心"平如镜面，但外界影响它的时候，比如刮风之类的，那么大海就起了波浪，这时，妄心就出现了。当我们用智慧拒绝了外界诱惑，或是用戒的力量把外界的诱惑拒于心外的时候，心的大海就慢慢平息下来了。无波无纹的那种状态就是真心。心波动便生妄念，妄念止息便显出真心。比如，这个念头和下一个念头中间，有一个无念状态，当你用你的自性或警觉心观照它时，你就很容易契入真心。

　　明心之后，你只要守住这个真心，便是最好的修。这时候，要远离分别心，别叫那些概念弄乱了你的心。佛家修行的含义就是修"真心"——让你本有的智慧燎原成智慧之火，把你的贪、嗔、痴、慢、妒全部烧掉，最后只剩下一片光明。这时候，你才算"究竟成就"。什么是究竟成就？就是这个世界上的一切，都不能动摇你的宁静与快乐，都不能让你成为它的奴隶。换句话说，究竟成就的时候，你就拥有了一种绝对的自由与快乐。

　　那么，怎样才能见到真心呢？老祖宗们留下了许多方便法门。比如，诵经敲木鱼就是为了定心，用一种节奏和韵律来消解妄念，当妄念消融，达到一种极致的宁静时，你就会见到真心。佛家中的八万四千法门，无不是为了让人能够找到这个真心。选用哪一种，要看哪种方法跟你最为对机。

佛家修行的含义就是

修『真心』——让你本有

的智慧燎原成智慧之火，

把你的贪、嗔、痴、慢、

妒全部烧掉，最后只剩下

一片光明。

有多少人能清醒地做出选择？

人的一生里，总该有一种高贵的心灵和姿态，对权力，对金钱，对地位，都应该这样。当满世界都趋之若鹜时，你应该对它淡淡一笑。因为，所谓的"自在"，就是不为念头和现象所困，也不要刻意去束缚和压抑自己的心。

有一天，我跟一个年轻的朋友聊天，谈到死亡的启示，我告诉他，我的弟弟二十七岁的时候就死去了，他的死带给我极大的震撼和感悟。至今，我在武威的家里仍藏有一个警枕，是个死人头骨，它一直提醒着我，死亡随时都可能降临。朋友听后谈到大前年的一些想法，他说那段时间他身体不好，就觉得健康的时候一定要以自己想要的方式生活。我问他，你想过什么样的生活？他说，就像现在这样，开着车在街上跑，时不时出去旅游几天。他还说，其实他对现在的生活已经比较满意了，但总是免不了感到痛苦，有时还会对未来感到莫名的恐惧，对别人的误解和伤害也会感到愤怒与伤心。我告诉他，他需要的是自由，但不是他现在的那种自由。他现在仅仅达到了一种身体上的自在，这种自在虽然也不错，但还是被动的，因为它需要物质保障。如果有一天，经济危机影响了他的公司，他的自在就会马上大打折扣。何况，既然他经常会感到恐惧、愤怒、伤心，就说明一定的物质基础并没有带给他心灵的自由。

现实生活中，许多朋友都想赚很多钱，因为他们觉得这样就可以生活得自由自在。但事实往往并非如此。因为，他们拥有的更多，看到的就更多，不想失去的也更多。他们拥有和憧憬的更多，就需要花费更多的精力去维持和追求，这样的心境之下，他们很难实现一种心灵的自由，有时连身体的自由都无法保障。

我的学生们有过许多这样的经历，比如，一个学生告诉我，为了给家人创造更好的生活环境，她不断努力着，把大量的时间都花在工作与应酬当中，从来没有耐心地听孩子说过话，也没有好好地给家人做过一顿饭。她的孩子从小就缺乏母爱与关怀，变得敏感而自卑，无法自如地跟别人交流。长大之后，她的个性当中就形成了难以修补的缺陷。现代社会中，这样的故事非常多。好多孩子，从很小的时候，就忙于上各种补习班，没时间玩游戏，没时间亲近大自然，小小的他们总是背着硕大的书包，一个人在街上徘徊。每次看见这种情景，我就觉得非常心酸。我不知道，是否有一天，社会上的父母们都能明白，孩子们最需要的，并不是越来越好的物质条件，而是爱、关怀与正确的教导。而父母的诸多欲望，社会上不断异化的价值观和人生观，总在污染和伤害着孩子们水晶般纯净的心灵，无情地打碎了他们的梦想与向往，让他们像父母一样，在社会的挤压中烦恼地生活，无法品尝一种真正的快乐与自由。

其实，自由并不像好多人想象中的那么复杂，它非常质朴，非常简单，也非常纯净。而且，它跟物质是没有绝对关系的。陈亦新的妈妈说过一句非常好的话："捡垃圾也能吃上饭的。"她的意思是，一个人要活下去并不难。只要一个人能活下去，他就有主动选择生活方式的权利。所以说，剥夺你的自由的，好多时候并不是命运，而是你那颗充满了欲望的心。举个例子，假如你觉得一定要有小车，有楼房，一定要每年出国旅行一次，才叫过得好，那么你就给自己套上了一个无形的枷锁，因为你要为得到这些物质而舍去好多东西，包括宝贵的生命时间，有时候还包括你的善良与道德底线。再者，命由心造，如果没有自由的心灵，又怎么能活出自由的命运？

我活得非常自由，非常快乐，就是因为我舍去了好多东西。好多年前，在我还没有成功的时候，我曾经开过一个书店，那个书店能为我挣很多钱，但是它浪费了我大量的生命时间，所以我毫不犹豫地把它给关掉了。跟我一起做图书生意的人，现在有好多都成了千万富翁，但他们都羡慕我，因为我出了好几本书，更是因为我留下了一些岁月毁不了的东西。如果我想要吃好的，穿好的，住好的，还想开小车，那么我就不得不去做一些毫无意义的事情。所以我常说，人的一生里，总该有一种高贵的心灵和姿态，对权力，对金钱，对地位，都应该这样。当满世界都趋之若鹜时，你应该对它淡淡一笑。只要你有了这样一颗不被欲望所缚的心灵，你就自然能活得自由自在。因为，所谓的"自在"，就是不为念头和现象所困，也不要刻意去束缚和压抑自己的心。

佛家所追求的解脱，便是一种绝对的自由，我们也称之为自在。它跟许多人理解的"自由"不太一样。人们通常认为，外界制约了自己的语言和行为，所以他们才感到不自由；但佛家认为，自由应该是完完全全的自主，是一种"纵横尽得"的境界。而且，佛家提倡的自主，是一种心灵的自主，是不被虚幻的现象所迷惑的清醒，是一种主动且坚定地做出选择的勇气，而不是一种盲目的固执，更不是一种不负责任的放纵。不过，人们心中的"自由"与佛家所说的"自由"之间，还是有相通之处的，那便是两者都强调要"摆脱束缚"。仅仅因为佛家对"束缚"的理解与社会共识不太一样，才造成了两者在解读"自由"时出现的许多分歧。人们总是认为，束缚是外部世界强加在自己身上的东西，所以他们习惯于要求外部世界发生改变；而佛家则认为，束缚是人们认假成真后生起的诸多执著，是自己施加给自己的东西。所以，真正的佛家行者向往且追求的，永远都是自心的改变，而不是外部世界的改变。在他们的眼中，真正的"摆脱束缚"，应该是放下一切执著。

不同的观点催生了不同的选择，不同的选择催生了不同的追索之路，这本是非常正常的。我也常说，太阳有太阳的轨迹，行星有行星的轨迹，正是许许多多的不同，构成了世界的丰富。不过，这世上，到底有多少人能清醒地做出选择，又有多少人甘愿承担选择带来的一切后果呢？

世 界 是 心 的 倒 影

你刚才还很开心，但突然有人骂了你一句，于是你心里立刻充满了愤怒。你不明白，人家骂你，是一时的情绪，你的被骂，也只是一种记忆，要是你安住于真心，对什么都不在意的话，就没人能骂得了你，也没人能抢走你的快乐与宁静。

真正的自由，是智慧的觉醒

世事如同放烟花，每次烟花腾空，总有人高呼着涌了去。这就是妄境。在妄境出现时，不要起善恶心。如果你因某些事而高兴或是苦恼，就是起了善恶心。这是因为你不能安住于空性，不能安住于真心。当你没有安住于真心时，一点点小事，就可能让你的心情改变很多。比如，你刚才还很开心，但突然有人骂了你一句，于是你心里立刻充满了愤怒。你不明白，人家骂你，是一时的情绪，你的被骂，也只是一种记忆，要是你安住于真心，对什么都不在意的话，就没人能骂得了你，也没人能抢走你的快乐与宁静。

我喜欢给朋友发一条我自己写的短信：永远觉醒清明于当下，触目随缘，快乐无忧。做事如彩笔描空，描时专注，描后放下。心中空中皆了无牵挂。这就是典型的"任运宽坦"。任运，就是顺其自然，自由自在；宽坦，就是心中一片坦然，没有任何担忧，也没有任何懊恼。如果一个人能够做到我短信中所说的那一点，他也就得到了真正的自由。

这种自由，说起来很容易，但做到的人并不多。为什么？因为，在无知的社会环境中长大的我们，就像在狼群中长大的孩子一样，改不了一身的狼孩气。经过长期的熏染，错误的观念已像附骨之疽一样，融入了我们的生命，异化了我们的价值观、人生观、世界观，甚至道德准则。所以，即使明白了一些道理，我们总还是会把世上的一切看得非常实在。尤其是，我们总把身体看成一种实实在在的东西。眼睛看到的，耳朵听到的，鼻子闻到的，舌头尝到的，身体触摸到的，脑海里想到的，各种东西都在诱惑着我们，我们被各种执著所烦扰，离宁静与清明已经越来越远。所以，老子才在《道德经》中说："为道日损，损之又损，以至于无为，无为而无不为。"这句话的意思是，要精进地清除心灵的污垢，直到破除所有的功利心，消解所有的欲望，达到一种无求，我们的真心才会展露出水晶般纯净的光芒。当我们安住于真心的时候，一举一动，起心动念，便无不是真心的妙用。这时，我们才能做事而不执著，品味而不贪恋，无论做什么，都不会计较结果，更不会产生烦恼。

可惜好多人不明白这一点。他们认假成真，看不透烦恼的真相，贪恋于世间各种享乐。他们不愿像修行人那样，过一种节制与清净的生活，他们觉得那种生活难免枯燥乏味。但他们不知道，这种生活当中，蕴含着一种质朴、简单的宁静之乐，这种宁静之乐也是一种诗意，是一种超脱于功利之外的陶醉，它的快乐，是俗乐不能与之相比的，也是世界上的一切都无法撼动的。所以说，虽然烦恼有好多种，但归根究底，产生烦恼的原因只有一个，那便是"不明白"。

人一旦不明白，就会犯下一些违背正理的错误，变得本末倒置。因此，《心经》中才说："远离颠倒梦想，究竟涅槃。"什么叫颠倒梦想？一是不明白无常的真理，认假成真；二是贪恋世俗享乐，不明白欲望是痛苦的根源；三是不明白世上一切都是虚幻无常的，本质上没有任何区别，因此生起诸多的对立妄想；四是不明白"我"也是因缘聚合之物，没有自性，不会永恒。换句话说，所谓"颠倒梦想"，就是认假成真，执幻为实。

我常对学生们说："没有大死，就没有大生；没有大痛，就没有大安。"这正是因为，人的一生中，充满了各种颠三倒四的见解。其中最可怕的，就是把本质为苦的俗乐，当成一种真正的快乐去享受。因为，当一个人觉得快乐的时候，是不会想去改变一些什么的。反而，当一个人遭遇了苦难，经受了他们不愿承受的挫折时，才会寻求改变，开始反思，才会有不同程度的成长。毁灭性打击，也就是我所说的"大死"，会让人彻底放下对世上一切的执著，认知真心，见到空性，获得一种真正的自由与解脱，从此生活得快乐无忧，所以它反而是一种

"大生"。

　　但可悲的是，有的人即便遭受丧偶、绝症等毁灭性打击，也不能全然醒悟，反而选择了一种及时行乐的生活方式，比以往更加放纵自己的欲望。这无疑是在白白浪费着解脱的契机。

　　安宁、快乐、自在的真正敌人，是欲望，不是外部世界。如果放不下心中的各种贪恋，即使躲到深山老林里闭关修炼，也免不了盘算与计较，所以才会有那么多的出家人，虽穿着僧衣，心里却仍然充满了贪婪与执著。而且，想要逃开世俗的一切，依靠山野的清净来找回宁静，这是一种消极，也是一种自私。唐东嘉波喇嘛就批评过许多躲在山洞里修炼，不管百姓疾苦的修行人。

　　所以说，自由不是逃避，不是逃开世间一切能对心灵造成干扰的东西，而是让一种生命本具的智慧觉醒，让这种智慧的光明照亮你的心灵，照亮你的生命。在这种本有智慧的观照下，你自然会斩断心灵的所有束缚，战胜各种阻碍心灵自由的习气与妄念，洞悉苦因的真相。那么，就算品尝苦果，你心中也再无苦乐的分别。这样一来，烦恼就无从产生了。

　　当你一天又一天地如法锻炼心灵，便会进入一种宁静的状态，并且时刻观察内心的一切变化时，你就会渐渐发现，真正的快乐与自在，确实是不需要任何外在条件的，它仅仅是心灵的一种状态。当你时刻保持着这种宁静、喜悦、清醒的状态，便会发觉，世间的一切都像流水般哗哗地溜走，因缘聚了又散，散了又聚，包括你那些越来越少的妄念与情绪，也是虚幻无常。

很多时候，在你凝神的那一刻，计较与在乎的念头便自然消失了，所以你也懒得再去计较什么，懒得再去在乎什么，懒得去强求什么已经改变了的东西，懒得去期待什么还没有发生的事情。你宁愿在拥有时珍惜，给它一个留存得更久的理由，得不到或失去了的时候，也就随它去。你不留恋，也不期待，仅仅专注于当下，品味当下，做好当下，直到有一天，你会发现，自己的心里连解脱与彼岸都没有了，但这世上，却再也没有任何东西可以改变你的心。这时候，你才彻底觉悟了。彻底的觉醒，就是真正的自由。

世 界 是 心 的 倒 影

假如你与宇宙间的某种神秘力量相应，就能进入一种全新的生命状态，一种身心自在、了无牵挂的状态。那么，什么是宇宙间的某种神秘力量呢？是大善大美的精神吗，是大爱吗？是，但不仅仅是。

渴望自由的我们，如何才能迎来智慧的觉醒呢？这需要与宇宙中的某种伟大精神"相应"。什么叫"相应"？相应，就是"心心相印"。唐代诗人李商隐的《无题》，就是"心心相印"最灵动的注脚："身无彩凤双飞翼，心有灵犀一点通。"多么美的诗，它道出了爱情里面最难以言喻，但又最为美妙的一种东西。它是一种神秘，也是一种来自灵魂深处那说不清道不明的共振。

当两个相爱的灵魂达到了共振，一个眼神就能连接彼此，于是万籁俱寂了，整个世界都化为虚设，茫茫宇宙间只剩下两颗相连的心，你仿佛能听到对方的呼吸、心跳、每个细微的念头。她内心的声音，也在你的内心响起，你的心中因灵魂的契合而感到轻松、和谐，充满了难以言喻的喜悦。与此同时，在你的眼中，这个道具般的世界也不再是死物，它有了脉搏，它的身体发肤——土地、植物、山峦、湖泊，一切的一切——都变成了真正的活物，你能听见它们的轻声笑语，能看见它们的喜悦与静默，能感受到它们的哀伤与失落。你不再感到空虚无聊，因为你与你的爱在内心深处完全相融了，你中有她，她中有你，你即是她，她即是你，时间与空间不再成为问题，灵魂的电波会让你们穿越时空、感受到彼此。这种灵魂的水乳交融，甚至比肢体的接触更加令人神往。你甚至觉得，你的爱人，是你联通宇宙之心的一把钥匙。你通过与她的灵魂共振，体验到爱情最美丽的部分，你觉得自己愿意奉献一切——包括你的生命——来让她感到幸福与快乐，你感到这份爱的高尚，让你甚至爱上了整个世界，你感受到一种前所未有的"圆融"。这，就是达到了"相应"的爱情。

这样的一份爱情，将实现人类对真爱的最高渴望，它比肉体欲望的满足——例如占有欲、控制欲等等——更能使人感到快乐。因为欲望是无穷无尽的，求之不得将带来锥心的痛楚，拥有的同时，你又会害怕失去。世俗之爱，难免会给人带来痛苦。你误以为满足欲望比灵魂的契合更加重要，因此难以定格，甚至难以达到爱的"相应"。你不得不为那相思而烦恼，为使"爱情"达到永恒而不择手段，你不知道，肉体终将腐坏，建筑在肉体之上的一切，又如何能够永恒？你因期待与现实之间的落差而感到失望，欲望的满足带给你的虚荣，也像叶子上的露珠一样，片刻就蒸发得一干二净。有时，你的心里只剩一片茫然，空荡荡的，非常寂寞，你叩问这个世界，为何爱情带来甜蜜，又会带来痛苦？难道这才是爱的真谛？其实你不该叩问世界，你该问的，是你的心灵：你所体验过的天堂般的觉受，难道不是来自于一种彻彻底底的契合？是这种契合，让你觉得她就是你寻觅了一生的那个人，她是你的知己，也是你灵魂的互补，她激活了你的勇气、你的坚定、你对生命的所有激情，你甚至觉得，因为她，你才变成了一个完完整整的人，而非一具空虚的躯体、一只仅仅知道觅食、寻欢的动物，她令你有了更高的向往，使你明白了生命的真谛。

当你明白了上面的所有比喻，也就明白了灵魂契合的美妙，你也许会向往这种无穷无尽的诗意。这份诗意是一种忘记实用后的陶醉的情绪，它跟真正的信仰是非常相似的。在这种诗意里面，没有小我，没有个人得失，没有了一切对立与分别。当你不仅爱一个女人，还爱上了整个人类、所有生灵、甚至整个宇宙的时候，你的爱，就从一份世俗的真爱，升华为一种信仰，一种大爱。什么叫大爱？大爱就是一种无私奉献的态度，它与小爱不同的地方在于，大爱的对象，是整个宇宙，所有众生，而非一个特定的女人、男人，或者跟自己有血缘关系的亲人。所有的信仰中都有一种大爱的东西，只不过大家都有各自不同的叫法。比如，佛家把大爱叫作"无缘大慈，同体大悲"，西方则更喜欢把大爱叫作"博爱"。

有一个女孩子写过一首脍炙人口的小诗，内容是这样的："你见，或者不见我／我就在那里／不悲不喜／／你念，或者不念我／

情就在那里 / 不来不去 // 你爱，或者不爱我 / 爱就在那里 / 不增不减 // 你跟，或者不跟我 / 我的手就在你手里 / 不舍不弃"。好多人都以为这是一首情诗，但事实上，它说的是生生世世陪伴着我们的那个真心，是众生本具的智慧光明。我的一个学生对它有过一个很好的形容，他说，这首诗表达的是一种佛家的浪漫主义情怀。确实是这样的。佛家并不像好多人认为的那样，冷水泡石头，我们所说的真心，本元心，也不是无情之物。虽然佛家认为，一切都是虚幻，不值得在乎，但是佛陀却牵挂所有的众生，这是一种比男女间的牵挂更加博大的东西，也是佛家非常伟大的一种精神，慈悲利众的精神。当一个男人深爱一个女人的时候，可以为她牺牲自己的生命；但是，对于诸佛菩萨来说，任何一个众生的苦难，都比自己的生命更加重要，所以，历史上才会有佛陀"割肉喂鹰""以身饲虎"的感人故事。这难道不是一道比小爱更加美丽的风景吗？

　　佛家智慧认为，假如你与宇宙间的某种神秘力量相应，就能进入一种全新的生命状态，一种身心自在、了无牵挂的状态。那么，什么是宇宙间的某种神秘力量呢？是大善大美的精神吗，是大爱吗？是，但不仅仅"是"。除了大爱，也就是慈悲，这种力量当中还包含了一种终极智慧。当慈悲与这种终极智慧相融合的时候，就形成了"道"。佛家的八万四千法门，都是为了让你与"道"相应。只有与道相应，你才能管好自己的心，让它到达该到的地方，这也是禅的本义。

唯一不变的，是你的真心，是你内心世界里那个知道你冷了、老了、生起烦恼了的"旁观者"。它是明镜般清醒、金刚般无可动摇的存在。它不会改变，更不会损毁。它像是明朗的天空，寂静的大海。只有它，才能真正与你常在。

我们知道，变化是这个世界的真相，这个世界上的一切都是不断改变的，包括看起来永恒的日月星辰。一些人意识到这一点，觉得人生来就是受苦的，因为他拥有的一切都不会永恒，他的爱情，他苦心经营的一切，他的好名声，他的车子，他的楼房，他的父母妻儿，甚至包括他的生命。他很想知道，到底有没有一个不会改变的东西？

有，但也没有。说有，因为佛家认为有一种状态是恒常的，这种状态叫作"金刚"，它能摧碎万物，又无法被万物摧碎；说没有，因为金刚并不是具体的实物，即使你寻遍世界的每一个角落，也找不到一个叫作金刚的东西。金刚，就是坏不了的真心，它是无始无终，不生不灭的。

佛家智慧认为，虽然这个世界上的一切是幻化不实的、无常的，但能觉察无常规律的那种智慧，它不是空的，它就是众生本具的真心，本元心。变是不变的真理，世上一切都在发生变化，都在无时无刻地变化着，但"变"这个真理不变，你证得的那个真理的觉性也不变。啥是觉性？觉性就是我们对真理的认知。这个真理本身，就是大自然本有的一种规律，是无常。

能够认知无常真理的那个真心，一直陪伴着所有的生灵，无论生命个体经历多少次生死轮回，经历多少个从诞生到坏灭的过程，如何从这个身份转换为另一个身份，它都没有离开过我们。即使我们不明白它，它也仍然在那里。你看不见它，但它确实存在。它没有开始，也无所谓终结；它不会被妄念的灰尘染污，也无所谓干不干净；它不会增加，也无所谓减少。它是深藏于你内心深处的灵性，是你超越生活，甚至超越生死，实现解脱的基点。当你认知了它，也就自然接受了世界的无常。你会发现，变化虽然是苦，但也是你能够自在生活的原因。因为，所有看似真实的东西，包括你眼睛看到的、耳朵听到的、鼻子闻到的、身体触摸到的、脑海中的所有想法等等一切，都是万物因缘聚合之后，示现出的许多现象，不能说它们从来都没有存在过，但它们是归于空性，虚幻无常的，旧因缘一旦消散，它们就会立刻改变。

举个简单的例子，梦中的野兽存在吗？在现实中，它们是不存在的；但是在梦里，它又确实存在过，你还被它吓得六神无主、四处逃逸呢；在你的记忆里，它也的确存在过，梦醒之后你仍然知道自己梦见了可怕的东西。但是，随着梦境和记忆的消失，它也就消失了。换句话说，旧因缘一旦离散，梦中的野兽就会立刻消失。

其实，所谓的现实世界，也是这样，跟梦境没有什么本质的区别，它们都是因缘聚合之物，随着旧因缘的消散而消失，随着新因缘的聚合而转化为另一种形式。比如，你在十字路口向左转时，见到一个背着书包的女学生，你跟她擦肩而过，那么，她曾经在你的世界里存在过，但是马上就变成了记忆，你也许很快就会忘记她。一旦你忘记了她，在你的世界里，她也就永远消失了。而其实质，她的存在仅仅是一种梦幻般的东西。再比如，你谈过一次刻骨铭心的恋爱，但对方有一天却不爱你了，若干年后你终于释怀了，这时你发现，过去的甜蜜就像一场梦，连你爱过的女孩，也像是梦里的人物，她的想法变了，对你的态度也变了，她再也不是你爱过的那个女孩了，当然，你自己也早就变了。又比如，你看见一个非常美丽的女孩，对她很有好感，于是你凝视着她，等待着一个与她相识的机会，你甚至幻想着许多美妙的故事会发生在你俩的身上，就像托尔斯泰在《安娜·卡列尼娜》中所说的，"整个宇宙都在等待信号的发出"，但是她却突然往地下吐了口痰，你顿时倒了胃口，所有的幻想都破灭了，对她的好感也像烈日下的露珠一样，马上就蒸发的一干二净。可见，世上一切都在不断变化着，就像一个又一个梦，又像哗哗流动的水。改变，从来没有停止过。

唯一不变的，是你的真心，是你内心世界里那个知道你冷了、老了、生起烦恼了的"旁观者"。它是明镜般清醒、金刚般无可动摇的存在。它不会改变，更不会损毁。它像是明朗的天空，寂静的大海。只有它，才能真正与你常在。

然而，并不是每个人都能发现它的存在，就像我们看不见自己头顶上的白头发一样。如果这时有人告诉你："你头顶上长了根白头发。"你就会低头照镜子，尝试从镜子里找到它，这时你才有可能会看见它。那个告诉你长了白发的人（老师）、镜子（方法）和恰当的姿势（实践）就是让你认知真心的因缘。当所有因缘凑到一起、发生作用的时候，你就会开悟，发现自己本有的真心。所以说，认知真心也是一个因缘和合的现象，不明白真心的人，只能通过一些方法，尽量为明心见性创造助缘，但机缘不到的话，强求也只能增加烦恼。

比如，在看到这本书或者认识我之前，也许你并不了解佛家智慧，也不知道自己有究竟解脱的可能。但是有一天，你的朋友推荐你看这本书，我在书里描述了一种绝对的自由与快乐，你相信我，而且心中生起一种巨大的向往，你在这种向往当中，如法地实践了我所说的话，那么，或许有一天，你就会亲身体验到我说的那种觉受。

所以说，虽然真心不生不灭，生生世世与我们同在，但是否能够发现它，何时发现它，如何发现它，却必须随缘。"随缘行"也是佛家修行方法之一，它讲究的是不强求，任运自然，随顺因缘，不生喜恶，不随现象的生灭而改变心的状态。它既是借事修炼心灵的妙法，也是智慧在生活中发挥了作用。

虽然真心不生不灭，生生世世与我们同在，但是否能够发现它，何时发现它，如何发现它，却必须随缘。

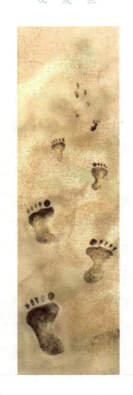

世上的一切，都是虚空的一部分，生于虚空，灭于虚空，世界上的所有事物——包括我们自己——与虚空之间，都是浪花与大海的关系。

把握机缘，迎接灵性的觉醒

你不断感知的一切，是身体在感知，还是心灵在感知？如果是身体在感知，为什么梦里仍有非常真实的触觉、嗅觉、视觉与行为言语？为什么还会有喜悦、恐惧、悲伤、幸福和失落？为什么你几乎分不清梦境与现实的界限？可见，人的一生，不仅是身体感知的一生，也是心灵感知的一生。只要眼耳鼻舌身意这六根仍然能发挥作用，你就会听到许许多多的声音，手指敲击键盘也会有相应的触觉，睁开双眼能看见周围的一切，也能闻到远处飘来的花香和泥土的味道。但这一切都是幻化没有自性的，不是永恒不变的，时时刻刻都在发生着变化，所以彼此之间并没有什么本质上的区别：没有时间的区别，没有好坏的区别，没有美丑的区别，没有好听和不好听的区别，没有远近的区别，没有大小的区别……当你明白了这一点的时候，就会发现，自己的心和外部世界一样，都是幻化的，两者都归于空性。这时，你自然会消除"我"和外部世界之间的对立，达到一种佛家所说的"一味"，这是一种真正的平等。这时候，世界上的诸多显现，都会融于你的智慧光明当中。

我们举个例子，浪花是一种偶然的现象，不能代表大海的全貌，但是它跟大海没有什么本质上的区别，它是大海的一部分，也总会与大海融为一体。所以，你绝不会把大海和浪花看成两个对立的东西。明白这一点时，你就会发现，世上的一切，都是虚空的一部分，生于虚空，灭于虚空，世界上的所有事物——包括我们自己——与虚空之间，都是浪花与大海的关系。

你或许还是不大理解这种说法，因为你可能会觉得，人与浪花不可能是同一种东西，浪花很快就会消失，但人的一生却要漫长得多。事实上，时间跟万事万物一样，也是虚幻无常的。我们举个简单的例子，你跟心爱的人在一起的时候，总觉得时间过得很快；但是当你跟一个自己非常讨厌的人在一起时，却总是觉得度日如年。同样的道理，人生对于我们来说，不是几十年，而仅仅是几个难忘的瞬间，面临死亡的时候，我们也总会觉得自己只活过了那么几个瞬间。无论什么时候走到人生的尽头，我们都会觉得自己还没有活够，还有太多的事情想要去做，还有太多的东西放不下。所以说，时间也是一种幻觉。

当你发现自己与海浪一样，都是一种幻觉的时候，就会明白，想要永远拥有一样东西，尤其是不择手段、不惜一切代价地去强求一样东西，是多么荒谬的想法。因为，连"我"都是一个幻觉，还有什么东西会永远都是"我的"？

假如真正明白了这个道理，你就不会强求许多东西，你会把一切都看得很淡，不会再去在乎别人怎么评价你，也不会在乎自己会不会一无所有，你只会专注于自己所笃信的方向，并且把这种淡然与坚定变成一种人生态度与处世方式，于是你自然就会变成自己心灵的主人。

保持这种清醒的觉知，与旁观者一般的出离，会让你的心变得一天比一天更加博大，不再以得失、苦乐来分别自己所经历的许多事情，而仅仅用各种生命体验来完整自己对世界的认知，然后一天比一天更能理解各种各样的人和事物，一天比一天更接近生命的真谛，一点又一点地消解那个由幻象所构成的自我，以及由这个自我所衍生出的贪、嗔、痴、慢、妒。有一天你会发现，其实也不存在什么清醒的觉知，与旁观者的出离，甚至也不存在什么需要释怀的东西和需要弄清楚的问题。你会发现，世界的纹路虽然错综复杂，但是它也像掌纹一样清晰。

这时候，你即使身处最嘈杂、最危险的地方，也是宁静、快乐与专注的，你的心灵时刻安住在一种轻松但清醒的状态之中，你明了外界发生的一切，但它们无法扰乱你的心。这个空寂明朗的心，就是我们所说的真心。

相信它的质朴与简单，相信凡夫与圣人同样拥有它，消除一切傲慢与怀疑，用心灵触摸真理，渐渐的，你就会亲尝它的滋味，这时候你也就觉醒了。

当你真正觉醒的时候，便看清了生活乃至世界的脉络。你对一切都不存在疑问，达到了一种真正的"不惑"。因此，你不但能够恰当地处理生活中的一切，还会对整个世界充满了悲悯与无我的爱。因为你知道，愚痴所导致的悲剧，每一分每一秒都在世界的舞台上公演，但绝大部分的主角却无法从悲剧中汲取有益的营养，仍然一而再再而三地重蹈覆辙，一而再再而三地作茧自缚。比如，物质水平的不断攀升要求大量的能源支持，为了获取更多能源，人类之间不断以各种借口发生纷争。更可怕的是，我们为了追求现世的利益，和一点点比现在更好地享受，不惜以人类的未来做赌注，发展能够毁灭一切的力量，比如核能量。觉醒了的你明白这一切，但你也深知，只有人们愿意直面自心、接受真理，进而改变心灵，他们的命运才有改变的可能。所有外来的力量仅仅是帮助，要治病还得人们相信并且愿意喝下苦口的良药。理解了这一点，你就会明白，为什么我的小说《西夏咒》中的大成就者（超凡入圣的人）久爷爷，在面对村庄里蔓延的瘟疫时，仅仅与五个空行母（一种类似于女神的存在）化身的小女孩一起载歌载舞，不断歌唱着无常的真理——

山川并大地，本是因缘聚，

虽显诸形色，觅其自性无。

奉劝世上人，窥破真面目。

无执亦无舍，无嗔亦无怒。

呜呼再呜呼，我等好卖力。

奉劝世上人，何必太痴迷。

万境转瞬空，万缘带不去。

何不随我来，哈哈复嘻嘻？

万境转瞬空，万缘带不去。
何不随我来，哈哈复嘻嘻？

世 界 是 心 的 倒 影

不是解决问题，而是没有问题

佛家的真理有很多种名字，有的时候它叫"善"，有的时候它叫"美"，有的时候它叫"爱"。不过，它不一定是一般意义上的善、美、爱，而且它总是伴随着"大"字出现，比如大善、大美、大爱。严格说来，这个"大"字不是一种对立的概念，而是对某种境界的描述，它类似于《道德经》中的大象无形、大音希声等等，象征万事万物大到某种程度之后，就没有了一切局限与外相。这种大，类似于宇宙之无垠。

有的话语体系，还赋予了佛家真理另外一个名字——道。但它同样不是一般的道，而是最究竟的道，是一种本有智慧的光明。这种光明，也叫真心。真心与我们平时所说的"真心实意"不太一样。两者的区别在哪里呢？前者是一种远离一切妄想的清明状态，而后者仅仅是不作假而已。不作假，说明你心里还有真与假的对立，但是在真心的世界里，是不存在任何对立与分别的。从真正意义上来说，你所坚持的，仅仅是此刻的真，而此刻的真，又会飞快变成下一秒的假，因为万事万物都在变化。

我举个简单的例子：这一秒你觉得自己很孤单，不爱任何人，也不被任何人所爱，但是下一秒突然有人打电话给你，问候你的近况，还说了很多自己的心里话。这时候，你可能就会把上一秒的负面情绪全都忘掉，又觉得自己是爱和被爱着的。所以说，言语也罢，情绪也罢，都是无常的。这个世界上没有任何东西能够永恒，因此不会存在究竟的真，也没有究竟的假。或者说，究竟的真只有"变化"，相应的，究竟的假就是"恒常"。

不作假不能让你找到真心，因为你对真假的执著正好让自己远离了真心。真心是远离一切概念与逻辑，远离一切二元对立的，你执著于任何概念与逻辑——包括执著于我对真心的所有表述——都会让自己远离真正的真心，也就是佛家常说的"空性"。一定要明白，它不是想出来的，不是被发明的，而是被发现的，所以你没法想到它，只能见到它。

见到空性，就是"悟道"，也叫"见道"，这是一个怎么样的过程呢？我举个例子：有一天，朋友给了你他家的钥匙，你按照地址找到他家，开门，按下门口的电灯开关，漆黑的屋子立刻一片光明，与此同时，你清楚地看到了他家的"真实面目"。此前已有许多人多角度、多形式地向你描述过它，比如左边墙角放了三张椅子，墙纸是淡黄色的，窗帘是田园风格的，等等，但是你的脑海中始终无法形成一种确实而具体的印象。所以开灯的刹那，你的心里会有一种恍然大悟的感觉："哦，原来如此。"这就是见到空性，也是见到世界的本来面目。

见到世界的本来面目时，你就明白了万事万物运作的规律。当你将这时的明白渗透到生命的基因当中，它就会随时随地发挥作用，让你自然破除很多执著与烦恼。我举个简单的例子：你如果见过雪漠，就不会被一个也留着大胡子的冒名顶替者所蒙骗，就算不用理性去分析，你也肯定知道他口中句句都是谎言。同样道理，你一旦明白了眼前的一切都是因缘和合的，总是在变化，也就不会执著于某种恒常的假象，或者强求某个不可能永恒的东西变得永恒。不去强求，自然少了很多烦恼。不过，这种明白不是字面上的"明白"。你就算明白这句话是什么意思，一遇到事情的时候，也很可能会忘记我说过的所有道理。所以，知识不等于智慧，它影响不了你的生命。要让自己的生命真正地从痛苦中解脱出来，就要真正地感受这个道理，见到这个答案，你不能去依赖酒精、香烟或者电视剧。为什么呢？因为它们的效果不会永恒，还很有可能会伤害你的身体。如果你依靠它们来麻醉烦恼、释放压力，一旦它们失去效力，烦恼和压力就会重新回到你疲倦的身心，把你折腾得痛苦不已。那么，为什么你宁可依靠酒精、香烟甚至大麻、海洛因，也不愿意期待进而迎接一场智慧的觉醒呢？

觉醒的智慧就像你生命中本有的灵光，它会不知不觉地影响你的生命。你无须刻意提醒自己，也自然会发现世界上既没有需要解决的问题，也没有与你作对的人，一切都是你锻炼心灵的道具，一切经历都在丰富着你的生命体验，使你变得更加博大，更加快乐。你的心里再也没有欲求不满，也没有愤愤不平，自然活得自在逍遥。从此，你的举手投足无不在诠释大善、大美的真理，你所说的每一句话，你所做的每一件事，都是佛法的真实体现。你再也不会问我什么是大美，大美有多美？因为你的心中已经充满了大美。你再也不会问我大善有多善，它为什么区别于小善？因为你的心中已经充满了大善。你再也不会问我什么是大爱，大爱有多爱？因为你的心中已经充满了大爱。你毫无疑惑，也没有一丝一毫的彷徨失措，因为你不想猜度，不用计较，也自然知道自己该怎么做。

有个学生曾经问我，什么是妙观察智？我总是在观察别人，从中分析他们的心理活动和行为背后的动机，这是不是妙观察智？我告诉她，这只是一种聪明。聪明人懂得分析，懂得判断，但是未必能够真正地洞察。因为，真正的洞察不是聪明，而是智慧的妙用。比如说，走在野外的时候，身上一湿，你就知道可能下雨了，要打伞，这中间有思考的过程吗？没有，它更多的是一种直感。又比如，你从心底里爱你的妈妈，这种爱甚至超过了你对自己的爱，那么你还用去看《如何与母亲相处》这类书籍，才能确保自己不做任何伤害母亲的事情吗？不用，因为你希望她能幸福快乐，甚至不忍心让她担心失望，又怎么会做出伤害她的事情？所以说，不要把聪明当成智慧，也不要把机心当成智慧。要想知道什么是佛家所说的妙观察智、法界体性智、大圆镜智、成所作智、平等性智，就要好好训练自己的心灵，让它慢慢拥有一种专注，拥有一种宁静，在瞬息万变的世界中，锻炼出一种如如不动的境界。这个时候，你不用思维，也会知道什么是佛家所说的三身五智。此前的所有描述，都相当于指月的手指，不是月亮本身，也不是智慧本身。

世
界
是
心
的
倒
影

第三辑

Third

找到你真正的敌人

何为不明白？看不清世间的真相，认假成真，执幻为实，被忽生忽灭的现象所迷惑、所误导，这就是不明白。因为不明白，所以会产生欲望；因为有欲望，所以会产生执著；因为执著，所以会产生烦恼。

对世界和生命，我们有太多的误解

何为不明白？看不清世间的真相，认假成真，执幻为实，被忽生忽灭的现象所迷惑、所误导，这就是不明白。因为不明白，所以会产生欲望；因为有欲望，所以会产生执著；因为执著，所以会产生烦恼。

我们无论做什么，无论选择什么样的生活方式，都是为了得到快乐、安宁、坦然与自在，但这些都是心的感觉。即使楼房、小车、钞票等东西能让我们过得非常舒服，还能得到一些虚荣上的满足，但是它们不可能让我们得到永恒的快乐。为啥？因为，它们本身不会永恒。虚荣的满足是一种很快就会消失的情绪，过得舒不舒服，也要看我们对生活有啥要求，而且楼房、小车、钞票，所有的一切都在不断变化着：楼房会变旧，而且使用期只有七十年，说不定什么时候就会遭到拆迁，更别提一场地震、水灾就能将它化为乌有；小车的寿命更短；钞票的寿命虽然相对长一些，也不会折旧，但用它买来的一切都有一定的使用寿命，何况货币价值也在不断变化。所以说，物质是无常的，建立在物质条件上的许多快乐、舒适，更是无常的。然而，我们不愿意追求一种无条件的快乐、自在、坦然与安宁，反而把那些虚幻不实的东西当作人生的目标，以快乐与健康为代价，不顾一切地追求它们。这里面的矛盾，显然预示了我们必将承受错误选择所带来的痛苦与烦恼。

为什么我们会弄不清自己需要什么，认假成真地活着呢？因为我们对生命、对世界都有太多的误解。如果你仔细观察生活中的每一个细节，就会发现许多矛盾都是由误解引起的，连最亲近的人，包括父母和伴侣之间，都会因误解而产生隔阂，甚至老死不相往来。可见，误解确实非常可怕。

误解是什么？就是妄念。我们的妄心是从什么地方来的呢？妄心由根境识三者因缘和合而成。我们的身体有六根，眼睛是眼根，耳朵叫耳根，鼻子叫鼻根，舌头叫舌根，身体叫身根，意叫意根。有了这六根，就会生出六识，进而生出色、声、香、味、触、法。那妄心，就是你的六根六识和外部世界因缘和合而生的。你的眼睛看到一个女孩子漂亮，就生起了妄心，想去跟她认识，这就是眼根眼识和外部环境发生作用的结果。

我们中的绝大部分人都没觉醒，没有认知真心，因此总是把因缘聚合产生的现象，当成永恒的真实存在，甚至糊里糊涂、一厢情愿地，把自己对事物的解读与猜想当成事实的全部，误解由此而生，最后往往伤害自己又伤害他人。

当我们贪恋色、声、香、味、触、法所带来的虚幻感觉之时，就会产生各种妄念与贪欲。当贪欲得到满足的时候，我们会沉浸在那种虚幻易逝的快感当中，不能自拔，误以为这种感觉便是幸福。可惜欲壑难填，追求欲望的人往往像喝海水解渴的人一样，越喝越渴。比如，对一个没见过玩具的孩子来说，一块小石子就能让他非常快乐，但是当他发现世界上原来有许多新奇有趣的玩具，自己却不能拥有的时候，他就失去了那份简单的快乐。而且，即便他拥有了一个玩具，很快又会惦记起那些自己还未拥有的玩具。我们中的绝大部分人也是这样。我们看不清世界的真相，失去对善的向往，多近诸恶，久久入迷，贪恋世间万象，心就被花花世界牵着到处乱跑。我们眼观妙色，耳听美声，舌尝美味，鼻嗅各种香气，身体贪恋各种美妙的触觉，比如恋人间的亲吻与拥抱等等，于是随着那些多变的现象，不住地胡思乱想，渐渐离真心、真相越来越远。越是被花花世界所迷惑，我们就越是贪恋世俗那不会永恒的一切；越是贪恋世上一切，我们就越是看不清世界的真相。所谓"由迷而贪，因贪更迷"，我们渐渐难以自拔，于是就陷于这个恶性循环当中，痛苦轮回。

　　更可怕的是，一旦我们进入了这样的恶性循环，不反思自己的行为，不追求精神上的进步，不辨是非，仅仅听从欲望的声音，不断以各种借口放纵自己的贪欲与嗔恨，就会做出许多罪恶的行为。比如，你觉得自己很爱一个人，但有一天她却要与你分手，你失去了所有爱的感觉，于是开始恨她，恨她的抛弃，恨她的改变，甚至忘记她曾经的付出，忘记你曾说过自己有多么爱她、多么希望她能幸福，你为自己编织着各种理由，包括她的行为有多么可恶、你有多么受伤、她违背了曾经的诺言等等，然后你觉得自己可以合理地恨她，于是你用恶毒、刻薄的话去伤害她、恐吓她，甚至真的去报复她。这是爱吗？这仅仅是贪欲得不到满足时产生的恨。它也是一种虚幻无常的东西，但人们却总是在这些幻象的操纵下，做出一些会令良心不安的事情。良心是什么？良心就是你的真心，是知道你因"执幻为实"而做出许多愚痴行为的那种自觉。当你认知真心，并能保任真心，达到不动不摇的时候，就是涅槃；当你不明白真心，迷乱于当下，迷乱于外部世界，时时牵挂外物的时候，就是轮回。世界上的很多悲剧，例如谋杀、抢劫、贪淫等等，都因为人们的无知与对无知的放纵。所以说，六道轮回之说，对一些人来说，确实存在。因为解脱的本质是心的明白，当你的心限于愚昧时，你是无法解脱的。

世 界 是 心 的 倒 影

好多人以为，贪婪是贪官们的事情，只有贪财，才称得上贪婪，但事实并非如此。当你接触外部世界，对某种东西产生偏爱，想拥有、不想失去的时候，贪念就产生了。

佛家说"人身宝"，人属于三善道，积累许多福报，才能做一回人，可见人身的重要。有了身体，我们的灵魂就有了承载之物；有了身体，我们就能实现灵魂的指令；有了身体，我们就能创造岁月毁不去的价值。因此，我们必须照顾好这个得来不易的身体，保证它的健康。但是，渐渐的，我们忘记了灵魂才是生命的主体，反而把肉体当成生命的全部，就像把豪华轿车看作自己的尊严一样。我们不明白，豪华轿车总有它的寿命，肉体也是一样。

不明白这一点的我们，总是放纵身体的各种欲望，变得越来越懒惰，变得越来越愚痴，变得越来越贪婪。

我们听不见灵魂的声音，不知道这并不是我们需要的生活，只是隐隐约约地感到，内心深处仿佛藏着一个巨大的黑洞。为了填满这个黑洞，我们不断往自己的心里塞东西，工作、聚餐、游戏、购物，我们不敢让自己停下来，害怕静止的自己会被一种巨大的空虚与不安所吞噬。我们不知道，那巨大的漩涡将把我们卷到什么地方？我们害怕未知。我们也害怕思考。我们知道，自己一旦陷入思考，就会发现天大的谬误，发现自己耗费整个人生所追求的，并不是自己真正需要的东西，但我们又不具备改变的勇气与智慧。因此，我们对思考的恐惧，甚至多于我们对答案的期待，我们不得不在迷途上狂奔。但是，没有方向的狂奔，怎能医治灵魂的阵痛，怎能带来快乐？对迷宫中的荆棘林妥协，又怎么能让我们走出无尽的暗夜？

有的人也明白，痛苦和不安是欲望带来的，可他们还是甘心听从欲望的支配。这又是为了什么？因为他们认假成真，执幻为实，觉得放下欲望会失去许多做人的乐趣。他们不明白，放下欲望的结果，其实跟他们的猜想刚好相反。

举个例子，你讨厌青蛙，也讨厌它们的声音，当你被蛙鸣包围的时候，一定会不堪其扰，还会觉得蛙们在对你进行噪音攻击。但认知真心、放下欲望的人们则刚好相反。他们的心里没有烦躁，只有一种由衷的快乐。因为，在他们心中，那是大自然的爱语，是蛙们友好的表示，是免费的交响音乐会。无论是听昂贵的音乐会，还是静静凝听大自然的声音，他们都一样快乐自在，你说，他们减少的到底是乐趣，还是折磨？

不要害怕面对自己的真心，更不要害怕在真心的指导下生活，用真心感受这个世界，你将会发现，世界虽然不像一些人期望的那样单纯，但是也没有你想象中的那么复杂。归根到底，无论单纯还是复杂，都是概念化的你对它的归纳，一切不过是梦幻泡影。叶子上那颗晶莹剔透的朝露还在吗？它早被阳光蒸发了，它的存在就像一种幻觉；你小时候做过的荒唐事，现在还被人津津乐道吗？恐怕只有你自己才记得吧，再过两年，连你也忘了，它也就像梦一样消失了。

我们的生命是一场巨大的幻觉。明白这一点，就坦然地面对生命中的所有事情，不以好坏、喜恶来分别它们，不要生起分别心，然后品味生命中的一切，宁静、快乐地生活。或者像我这样，找到一种方式，创造一种岁月毁不去的价值，在虚幻无常中建立一种相对的永恒。这样人生，难道还不够幸福吗？

再者，欲望是啥？欲望是沙漠中的海市蜃楼，是饿死鬼眼中的食物，它们虚幻无比，却能点燃你心中的毒火，让你在焦躁中坐立不安。为啥它有这么巨大的影响力呢？因为认假成真的我们，心中总是充满了贪婪。

但好多人都不愿意承认这一点，因为他们对"贪婪"的认知非常片面。他们常常以为，贪婪是贪官们的事情，只有贪财，才称得上贪婪，但事实并非如此。当你接触外部世界，对某种东西产生偏爱，想拥有、不想失去的时候，贪念就产生了。比如，你很喜欢吃荔枝，明知吃多了会上火，还是忍不住越吃越多，这就是贪；你很喜欢恋爱的感觉，明明觉得对方不适合你，还是轻易地接受了对方的追求，这也是贪。生活中的每个细节，都能折射出一个人的贪欲，正是因为无法抵挡贪欲的诱惑，人才会做出许多违背善道，甚至超越道德底线的事情。所以说，"贪"是诸恶之源。人们总是以为，只要找到合适的处理方法，自己在乎的东西就会永恒存在，包括生命。所以，他们费尽心思地维护自己的利益，对一切都不肯放手，贪名、贪利、贪财、贪色、贪世间一切，疯狂地追逐，拥有越多执著便越多，执著越多欲望越多，于是堕入恶性循环。这时，他们就像落进蛛网的蜜蜂，无论如何挣扎，都被牢牢地缠于其中，难以挣脱。

但也有人认为，欲望是推动人与社会不断前进的原动力，如果没有欲望，人与社会的进步都会停歇。我告诉他，事情不是这样的。为什么这么说？因为，以利己欲望为动力的进步，是以损害众生利益的代价来实现的。罔顾社会责任、缺乏爱心的技术上的进步，往往导致足以使人类灭亡的大灾难。泥石流、洪水、海啸、核事故……多少人葬身于群体贪欲所招致的恶果，难道这不是世界对人类响起的警笛吗？假如鲜血的代价还是不能让人醒悟的话，人类的未来也就堪忧了。

同样道理，如果一个人将利己的欲望当作前进的动力，那么他的所有行为就都是为了获得更大的利益，甚至不惜损人利己。这时候，无论他拥有多少东西，获得了怎样的地位，对于世界来说，都绝不是一个有益的存在。再者，一个人在埋没良知，伤害别人的时候，必然无法活得坦然，即使他不懂忏悔，也会感到心虚，害怕自己保不住那些用良知换来的东西。扪心自问，追名逐利也好，享受生活也好，难道不是为了让自己活得更快乐吗？那么，如果失去坦然、安宁，时刻活在惶恐与担忧之中的话，你的一切行为，又有什么意义呢？

坦然地面对生命中的所有事情，不以好坏、喜恶来分别它们，不要生起分别心，然后品味生命中的一切，宁静、快乐地生活。

人的许多烦恼，都是因为执著于"我"而产生的。人间所有的纷争都源于分别心。因为分别心，才有了贪婪，有了仇恨，有了愚痴，进而也有了战争，有了屠杀，有了堕落，也便有了六道轮回。

人的许多烦恼，都是因为执著于"我"而产生的。对"我"的执著，我们称之为"我执"，就是认为这个世界上有一个永恒不变的"我"。"我执"还有一个别名，叫作"自私"，就是习惯以"我"为标准，衡量世界上的一切，将所有精力都放在维护"我"和"我的"上面。比如，有的人会为了维护自己的利益，而牺牲他人的利益；有的人会为了维护自己家庭的利益，而剥夺别的家庭的利益；有的人会为了维护自己国家的利益，而侵犯其他国家的利益。"我执"是贪欲的基础，执著于"我"的人觉得，什么都是"我的"，"我"

就是世界的主角，所有东西都想拿来为"我"所用，所有事情都以"我"的感受为重。

举个例子，日本人当年觊觎中国的地大物博，于是发动了侵华战争，残忍杀害了许多中国百姓，给许多家庭留下了难以痊愈的创痛。在所有人眼里，这是残忍的暴行，但日本篡改过的史书却给它抹上了一层悲情且壮烈的色彩。因为，在日本人看来，这场战争是为自身和后代的温饱和生存所发动的，它也是一种"爱国热情"的产物。这种狭隘的道德观是非常可怕的，因为，崇尚它的人们，在"我的"利益与"他的"利益发生冲突的时候，往往会选择牺牲"他"而维护"我"。这个"我"指的是人们心中的自己，也是与自己最亲密的群体，比如我的国家、我的民族、我的城市、我的家庭、我自己等等。这是一种强烈的分别心，也就是二元对立，在这种巨大的对立中，我们会把"我"与外部世界分得清清楚楚。几乎所有的智慧修炼，都是为了对治分别心。因为人间所有的纷争都源于分别心。因为分别心，才有了贪婪，有了仇恨，有了愚痴，进而也有了战争，有了屠杀，有了堕落，也便有了六道轮回。

然而，人们大多不明白这一点，他们任由这种分别心衍生出的狭隘的道德观，占据世界的主流地位，所以，各种恶性竞争才会发生在世界的每个角落，人与人之间的关系才会变得越来越疏离与冷漠。也正因为如此，各种各样的悲剧，才会在每个时代、每个国家、每个家庭、每分每秒不断上演：食品、饮料中加入了有毒物质，抢劫、强奸、谋杀、家暴像蚊虫一样滋长，婴儿被当成了大补的食物，欺诈令退休老人失去了养老金……

我们都知道社会上藏着许多黑暗，也都厌恶那黑暗，但却没多少人愿意融入微弱的大善光明当中。人们甚至不明白自己也是黑暗的一部分。因为，大多数人都太过关注个人得失，太爱惜自己心中的"我"，很少考虑自己的言行会给外部世界带来怎样的影响，只觉得一切都理所当然。而所谓的善，就是在考虑自己的同时，多考虑一下别人；大善，更是放下自己的期待，多考虑一下别人。破除不了我执的时候，你就很难真正做到这一点。

其实，"我"是什么？它只是一个绝妙的假象。

我们的身体不断发生着变化，我们的想法和习惯，也因为各种经历而不断变化着。我们已经不是昨天的那个人，也不是前一秒钟的那个人了，我们或许已经厌倦了去年爱过的东西，甚至厌倦了以前爱过的人，厌倦了曾经享受过的某种生活方式。我们的各种观点更像天上的云朵一样，不断改变着模样。

有个学生告诉过我，她曾经对分手的男朋友说过自己会等他两年，谁知道，一年后那个男孩子真来找她，但她的感觉已经完全改变了。想起这件事的时候，她总是觉得自己做了件蠢事，感到羞愧不已。她不明白，她的愚蠢并不在于做过什么事、说过什么话，而在于她不知道小爱只是一种情绪，语言也是一种情绪。即便她是真诚的，寄托了某种情绪的语言，也总是在说出口的那一刻就结束了，因为情绪不断在变。再者，无论愚蠢还是聪明，都是过去了的事情，事情一旦过去，就变成了回忆，也无须去在意。好多人就是忘不掉过去的事情，放不下对未来的担忧，才会活得非常痛苦。

其实，执著于自己的愚蠢和过错，也是因为觉得这个世界上有一个永恒的"我"。我聪明吗？我做的事情人家满意吗？人家喜不喜欢我？我能不能获得更多的机遇？我是不是一个优秀的人？我们时常勾勒着一个虚幻的形象，并且把它当成真实的"我"。我们不断要求别人去理解"我"，去接纳"我"，而且，为了得到别人的认可，我们不断调整着自己的观点，甚至做一些自己不愿意去做的事情。为什么？因为我们害怕寂寞，我们需要被爱。虽然也有人敢于拒绝世界，他们有着独立思考的意识和勇气，但是他们又会陷入另一个误区，那就是傲慢。他们认为自己比别人更加优秀，还是在执著那个看起来非常真实的"我"。

但是，所谓的"我"，只是因缘聚合之物，跟因缘链上任何一个小铁环一样，都在不断改变着形状：经历多了，想法会变，个性也会变；吃多了，身体会发福，多做运动，又会变瘦；耐得住痛的人，还有可能去医院整容……世界上怎么会有一个不变的"自我"？既然没有恒常的"自我"，那么建立在这个自我假象之上的一切又如何永恒？

我执就像血管中的垃圾，这些垃圾排不走，就会造成血管的阻塞，令人产生各种不舒服的感觉，烦恼由此而生。清除这些垃圾，恢复血液流通的顺畅之后，不舒服的感觉自然会消除。同样道理，持续地清扫心灵上的污垢，渐渐远离各种执著，让心灵回复一种纯净明朗的状态，了无牵挂，就自然能从各种烦恼之中解脱。当然，这一切，还是从你认知真心，发现世界的真相开始的。

我执就像血管中的垃圾，这些垃圾排不走，就会造成血管的阻塞，令人产生各种不舒服的感觉，烦恼由此而生。

从妄念的幻觉中醒来

很多人都活在妄念的蒙骗当中，但他们对此往往一无所知。他们总是以为，自己的想法就是事实的真相，然后用那所谓的真相来挤压自己，自寻烦恼。所以古人们才说，世上本无事，庸人自扰之。

某个朋友告诉过我一件趣事：有一次，她跟别人到小酒吧里谈心，两人分别点了一支汽酒，她不怎么会喝酒，所以才喝到一半就开始发晕。谁知人家拿过她的酒瓶一看，却发现那"酒"的酒精含量竟是零。换句话说，我那朋友竟然被半支汽水给灌醉了。后来这件事被当成她不会喝酒的明证，逗乐了许多人。然而，灌醉她的确实是那瓶汽水吗？当然不是。灌醉她的，是一种能以假乱真的妄念。

很多人都活在妄念的蒙骗当中，但他们对此往往一无所知。他们总是以为，自己的想法就是事实的真相，然后用那所谓的真相来挤压自己，自寻烦恼。所以古人们才说，世上本无事，庸人自扰之。为什么人们总会庸人自扰呢？因为人们大多认假成真，不明白世界的真相。正如一个人在梦中被猛兽追杀，陷入极度恐惧，一觉睡醒，知道那只是一场梦，才能从虚幻的恐惧中解脱。所以说，我们只有认知无常的真理，不再执幻为实，才能真正摆托妄念的蒙骗与左右。

妄念的力量非常强大，我们的每一个想法，每一个态度，对世界的所有认知，统统沾染了它的痕迹，因为我们有太多的个人立场和偏见。当然，有时这也源于一种约定俗成的社会共识，但社会共识，便代表了世界的真相吗？显然不是。我们都知道，有一种现象叫作"集体无意识"。

生活中有很多集体无意识的例子，比如，有的人宁可背负难以偿还的债务也要买房，有的人买了房才肯结婚，有的人觉得活着就是为了房子，在他们看来，自己的房子才是家，有自己的房子才有安全感。再举一个例子，许多人都觉得现在的医生只把救人当成一份工作，大多缺少一份悬壶救世者应有的慈悲，但是他们仍然希望自己的孩子能够成为医生，或者嫁给医生，因为医生的收入高、前景好，医生是一种地位的标志……

现代社会最为普遍的一种"集体无意识"，便是价值体系的混乱。大部分人习惯于用很多标签——比如财富和社会地位——来解读和评价自己与他人。他们对创业致富之类话题的关注，远远超于对智慧感悟的关注，但他们不明白，假如人生大厦的地基不稳，一点点小小的挫折，就会引起整栋大厦的崩塌。许多社会名人、影视红星的自杀，就是这一观点的有力佐证。可见，妄念虽无形，却能消解理性，让人陷入痛苦的假象之中不可自拔，不能抽离。

　　那么，怎样才能摆脱妄念的控制，还原清净的真心呢？首先应该明白什么是妄念。妄念是对外境生起的念头，会随着外境的改变而不断改变。例如，你没吃过榴梿，但是觉得它很难闻，所以你很讨厌榴梿，甚至不愿跟吃过榴梿的人待在同一间屋子里面，但是有一次，你喜欢的女孩要求你陪她吃榴梿，于是你不得已而为之，谁知一试之下竟爱上了它，从此你不但不嫌它难闻，还爱上了与它有关的所有食物。所以说，我们的分别心，包括各种喜恶等等，都是妄念造成的。当你安住于真心，不纠结于妄念的时候，它就是一种真心的妙用，可以帮你感知这个世界。但是当你纠结于这些念头，任由它们像牛蛙一样不断"繁殖"的时候，它们就会扰乱你的心，让你找不到正确的方向。

　　再举一个例子，你听说某个明星向慈善机构捐出了一笔巨款，于是你对她充满了好感，甚至爱上了她主演的所有影片，但是后来你又听说她的捐款只是一种炒作，于是你对她的好感便大打折扣，对她的电影也变得兴趣索然，直到你在新闻报道中看见她声泪俱下地表白自己，便不由自主地对她充满怜悯，因怜又生爱……这许许多多的改变，都是建立在你的所闻、所见、所想上面的，因此每一个现象的出现，都会影响你对她的看法。这些看法代表了她本身吗？当然不是，那不过是你的妄念。

每个人心中的世界，都是他心灵的显现，这就是为什么功利的人无法理解他人的无私与博爱，贪婪的人为什么觉得世界处处与他为敌的原因。

很多人觉得自己被外部世界控制了，但事实不是这样的。你之所以会感到自己受到控制，是因为你认假成真，把一切都看得非常实在，所以生起了许多欲望与贪念。只要你能随缘，知足，安住于真心，外界就不能动摇你的宁静与快乐。比如，你要是对一个人毫无所求，就不用看他的脸色做人，就是这样。可见，满足了基本的生存需要之后，真正束缚我们的，仅仅是自己的习气、情绪与偏见。

我举个简单的例子：沙漠里有三个人，一个人很消极，一个人很积极，一个人积极但也随缘。当这三个人都只剩下半瓶水时，消极的人就会感到恐慌，积极的人就会为自己还有半瓶水而感到欣慰，积极但随缘的人会珍惜它，并悠然又警觉地寻找水源。他怎么知道自己一定能找到水源呢？其实，他不知道未来会发生什么事，但是他非常清楚自己无法控制好多东西。所以，他宁可享受当下，也不愿意把宝贵的生命浪费在无穷无尽的妄念当中。他只管做好自己能做的事情，然后就安住于坦然与宁静，不去想为啥自己不多带一些水，不去想啥时候才能找到水源，也不去想自己会不会渴死，更不会专注于身体的焦渴。他像我的小说《西夏咒》的女主角雪羽儿一样，任了心，叫漠风吹去他心中的尘渣，叫蓝天洗去他灵魂的俗意。这是一种多么美妙的诗意。

人生就是这样。不要为过去追悔，也不要为未来担忧，你只管把握好当下，尽力做一些你应该去做的事情，为这个世界带来一点有益的东西。其他的，就由它去吧。这样一来，你自然会活出这样的一种诗意。

人生就是这样。不要为过去追悔，也不要为未来担忧，你只管把握好当下，尽力做一些你应该去做的事情，为这个世界带来一点有益的东西。

疑是快乐的大敌

喜欢猜疑的人，总会给别人的行为套上一种功利化的原因。比如，看到别人劝善，他们就认为劝善者有着不可告人的目的。事实上，他看到的并不是别人的动机，而是自己怀疑的心。因为，每个人眼中的世界，都是他们心灵的显现。

有个年轻的朋友告诉我，她是一个极度多疑的人，除了母亲之外，她谁都不相信，包括自己的丈夫。一旦丈夫不在她眼前，她就担心对方会出轨。有一次，她离家多日，回家的第一件事就是检查床铺上有没有其他女人的头发。后来还真给她找到了那么一条长卷发，于是便拿着头发跑去质问丈夫，结果发现那原来是自己的头发，这才释怀。但她的猜疑，却已经对丈夫造成了伤害。

可见，猜疑并不是一个好习惯，它会给人带来无穷无尽的烦恼。而且，多疑的人往往会怀疑一切，他们不相信别人的善意，不相信爱情，不相信这个世界有一种比他们更高尚的存在。尤其不相信这个世界上有一种无私的人，他们宁愿牺牲自己，也要成全别人。

我曾听过有人谈论雷锋善行背后的"真相"，他们说，雷锋自己要是不说，别人也不会知道他都做了啥好事，他的乐于助人实际上是在炒作自己；再说，做好事是那时军人的硬指标，他的助人其实是为了获得一些荣誉。这番话让我感到非常无奈，我觉得，持有这个观点的人，比这个观点本身更加可悲。

他为什么要说这些话？为什么高贵精神不再被人赞扬和传播，反而变成一种被嘲笑、讥讽与质疑的对象？这无疑反映出一种人性的堕落。人们不再相信一种伟大，不再相信一种崇高，不再相信有人能战胜自己的欲望，也不再相信有人把别人的利益看得比生命更重要。这是为什么？因为他们必须让自己的贪婪与放纵显得更加合理，他们在为自己的欲望与自私寻找借口。他们的质疑与嘲讽，实际上也是在说服自己，在压抑着自己的良知与对善的渴望，他们在用一种未必正确的方式，抚慰自己那颗一点都不坦然的心。否则，他们要怎么告诉自己，为什么别人做得到的事情，我却做不到呢？简言之，这是一种自欺欺人。大部分人都从内心深处，渴望一个比现在更美好的世界，但是当社会上出现一些好消息时，他们又喜欢用所谓的"理性"与"真相"来消解它，这是多么矛盾的事情？

有时候，人们为了保护自己，总是不敢轻易地相信别人，他们不断用怀疑和揣测折磨自己，同时也折磨着别人。但他们不知道这是一种折磨，反而觉得这才是精明与清醒。所以，他们不但会怀疑愿意帮助自己的人，还会怀疑老师教给他们的解脱之法，甚至连自己都会怀疑。他们用怀疑不断伤害着自己，也伤害着真正关心他们的人。他们不会明白，怀疑的那个瞬间，自己已将他人的善意与援手挡在了门外。

喜欢猜疑的人，总会给别人的行为套上一种功利化的原因。比如，看到别人劝善，他们就认为劝善者有着不可告人的目的。他会想，世界上真的有解脱吗？真的有六道轮回吗？你是不是想利用人们的信任，来对他们进行精神控制？当你告诉他，布施是世界上最伟大的赚钱秘密时，他还认为你是想骗他的钱。事实上，他看到的并不是别人的动机，而是自己怀疑的心。因为，每个人眼中的世界，都是他们心灵的显现。

当大部分人都在用恶的猜疑来消解一种高贵的、善意的东西，一种大善大美精神的时候，这个社会就会进入佛陀所说的"末法时代"，因为那时的人类已没有信仰，失去希望，自暴自弃，不思向善，进而害人害己。所以说，"疑"是修炼的大敌，更是快乐的大敌；相反，"信"为"功德母"，只有信，才能让人积极向上，让人趋善避恶，才能让人创造一种岁月毁不去的价值。

不过，毫无选择的怀疑不好，毫无选择的相信同样不是一件好事，两者都是无知的表现，缺乏明辨是非的能力。

毫无选择的信，是一种迷信。迷信者将解脱寄托于心外之物。他们认为，自己的解脱要靠别人，或崇拜某人某物，或崇拜这个神那个仙，全然不考虑自己应该做什么，一副奴才模样。现在有大量迷信者，他们不明白解脱是自己的事，别人吃饭饱不了自己。

而且，当一个人不能明辨是非的时候，他做事就没有底线，因为他的"信"完全是一种盲从，他不能分辨自己相信的人到底是智者还是骗子。如果他遇上的是真正承载了真理的人，那么他的信就是一件好事，因为他会跟着好人做好事；但如果他遇上的，仅仅是个用真理来牟利的骗子，那么他的信就是一场灾难，因为他会成为骗子的帮凶，在无意识的状态下宣扬那种蒙骗了自己的谬论，甚至诋毁与自己志不同道不合的人，使更多的人受到蒙骗与伤害。

我们该怎样分辨智者与骗子呢？你要看他的行为。一个人无论把话说得多么好听，他的行为都自然会暴露他心灵的状态。如果他口中的真理不能改变他那颗自私自利的心，不能让他在所有行为上体现一种利众精神，那么他就是一个骗子。什么样的理由，都不能掩盖他行为上的自私。一定要明白这一点。如果你相信的人是一个骗子，那么无论你对他的信达到了什么程度，你都不可能因为这种信而得到救赎，你反而还会因为这份盲目的信而堕落。所以说，一定要远离无知，明辨是非。

真正的信，应该是一种智信。

世界是心的倒影

当我们执著于自我假象与虚幻得失的时候，就必然会对外部世界产生诸多的期待与幻想，一旦这些期待与幻想不能实现，我们就会失落、痛苦，产生各种各样的烦恼。

愤怒与傲慢是自由的绊脚石

在繁忙的都市里，你常常会发现这样的一种现象：每个人都非常忙碌，非常急躁，一点小小的摩擦，就能引爆一座嗔恨的火山。所以，公交车上、地铁里，你常常能目睹一些无意间的碰撞所引起的争吵。有个学生告诉我，她曾经亲眼看见有人因为这样的小摩擦而起了杀心——那人在冲动之下掐住了对方的脖子。可见，嗔恨是魔鬼，在它的教唆下，人会失去理智，做出一些违背道德标准的事情。

嗔恨，就是愤怒。愤怒的人，跟醉酒的人一样，是失去了理智的。被怒火狠狠烧灼着的你，既体会不到爱，也体会不到欢欣与快乐，所有对善的向往与坚持，都会被怒火烧得烟消云散。你看，假如那个动了杀心的人不能及时找回自己的理智，反而放纵自己的愤怒，他或许就真的会掐死那个与自己发生争执的人。如果他真的那样做了，就难免为自己的罪行负上责任，这个责任是世界回馈给他的一种反作用力。嗔恨行为的反作用力中最直接的一种，就是他会失去所有的宁静、快乐与坦然，陷入后悔、心虚与担忧当中。

而且，仇恨之火生起时，心就不清净了。这时，空灵没有了，智慧也没有了。你心中的一切清明和智慧，都叫那把仇恨之火烧尽了。这是外部世界加诸于你的吗？是外部世界夺走了原本属于你的东西吗？不是的。是你执著于个人利益的心，让自己陷入了痛苦当中，其实，激起你愤怒的那个瞬间早就过去了。

无意的碰撞足以构成置人于死地的理由吗？显然不能，它仅仅是个如梦幻泡影般转瞬即逝的小小细节、小小记忆，那么，为什么那个人会因此产生杀人的冲动呢？或许是因为他在生活中积累了过多的怒火，令他的心灵时刻处于一种焦躁、压抑的状态，他的恨意就像被强行压在水中的皮球一样，一不留神，理性按力就会减弱，嗔恨的皮球就会狠狠地弹出水面，对他的心灵造成难以想象的冲击。这时候，他就不由自主地生出了杀意，甚至有了相应的行为。

社会上有许多这样的例子，一个人在社会生活中缺乏成就感，如果他又是一个嗔恨心很重的人，那么他就很可能会把怒火发泄在比他弱小的群体身上。比如，他会动不动就发火，甚至还会虐打自己的妻子、孩子和宠物等等。因为，在他发泄愤怒的时候，他的妻子、孩子和宠物，已不再是他爱的对象，而是外部世界的一部分——即便他们是无辜的。他的行为不断种下恶的种子，当这些种子发芽结果的时候，他就会承受恶的业报。况且，话说回来，当一个人不得不将怒火发泄在弱小生命的身上时，他其实是非常可悲的。他的可悲，在于他的愚痴、懦弱、无助与绝望。

为什么人们明知愤怒不是一个好东西，它会让人冲动地做出一些对自己完全无益的事情，也会伤害自己的健康与好心情，还会间接地伤害身边的人，但却还是忍不住发怒，甚至觉得愤怒是理所当然的事呢？因为他们把一切都看得太实在。换句话说，这还是因为他们认假成真，执幻为实。他们不知道，世界是幻化的，是无常的，它每时每刻都在发生着变化，一切都不过是梦境一样的记忆，令他发怒的事情也早就过去了，变成了一种记忆，就连他们失去的利益，本身也是一种记忆。比如，有人听到别人骂了自己，于是很愤怒，因为他觉得对方伤害了自己的尊严，但真正的尊严是一个人心里的某种坚守，别人的一两句话，怎么能偷走他心里的东西？所以说，令他发怒的真正原因，是对方让他丢了面子。可面子是什么？面子是人们对他的看法，这看法本身，无论是好是坏，都是一种情绪，一种记忆，一种不断变化着的东西。

他想将这种无常的东西，固定在某个自己较为满意的状态，这就像一个人想用手抓住水一样，是一种巨大的妄想。

当我们不能洞悉生活中的许多矛盾，执著于自我假象与虚幻得失的时候，就必然会对外部世界产生诸多的期待与幻想，一旦这些期待与幻想不能实现，我们就会失落、痛苦，产生各种各样的烦恼。

对"我"的执著，有时还会让我们变得傲慢。

佛家将"慢"视为五善法障之一。因为有了慢见，觉得自己非常了不起，别人不行。这样，就会生起许多分别心。傲慢的"慢"，是贡高我慢的"慢"，它跟"佛慢"不一样。佛慢者，认为众生是佛，生起一种坚定的觉受，佛我不二，即心即佛，进而能坚定出离的信心。但贡高我慢的"慢"不是这样，他认为自己行，别人不行。自己比谁都强，别人要觉得谁比他强，他就会感到不满、不甘、不服。这种人的心态很糟糕。为什么呢？因为他会一意孤行，刚愎自用，认为只有自己是对的，别人全都是错的。那么，连善知识的话他也听不进去的。我们打个比方，他的杯子里装满了污水，别人的净水就算倒进去，也被先前的污水同化了。

当一个人不得不将怒
火发泄在弱小生命的身上
时，他其实是非常可悲的。
他的可悲，在于他的愚痴、
懦弱、无助与绝望。

世 界 是 心 的 倒 影

如何分辨恶友与真正的心灵导师呢？能让你减少和息灭贪婪、无知、仇恨等烦恼，并让你心中的爱一天比一天丰盈的人，便是真正的心灵导师，他能引导你走向快乐、自由与大善；反之，则是恶友。

虽然我们总是说，所有生活中的修行，都是为了强大一个人的内心，使我们能够看清甚至消解一切让自己产生烦恼、远离真善美的坏习惯，但实际上，在我们的心灵力量不足以与外界的染污相抗衡的时候，我们必须仔细分辨，避免受到恶的环境的污染，也避免受到恶友的污染。

环境的熏染，能让一个人类的孩子变成狼孩；恶的环境的熏染，也能让一个善良纯洁的人变得堕落、向恶。这是非常可怕的。但恶友的作用，一点也不比恶的环境逊色。尤其是，有的恶友还会装出一副善人的样子，向你传递一些似是而非的"生活智慧",让你在不知不觉中受到他的误导,渐渐变成一种你从前所厌恶的人。

那么,如何分辨恶友与真正的心灵导师呢?能让你减少和息灭贪婪、无知、仇恨等烦恼,并让你心中的爱一天比一天丰盈的人,便是真正的心灵导师,他能引导你走向快乐、自由与大善;反之,则是恶友。

恶友究竟有多恶?

老祖宗有种说法,有时遇了恶友,可使一个人"万劫不复"。比如,亲近恶友之后,或丧失信仰,远离正道,造下大恶,或遭遇寿难,丧失生命,这都是"万劫不复"。事实上,许多选择恶友的人,活着时就会尝到这种选择所导致的恶果。这是很可怕的事。

我便见过许多这样的例子。有一个青年,一直信佛,为人谦和,做人做事皆有可道之处,后来不幸遇到恶友。在其蛊惑下,他背弃信仰,染上一身坏毛病,耍小聪明,阳奉阴违,还诽谤真正的信仰。后来,他出了家,但没过多久,就穿了一身僧装又回到城市。他脱了僧装时泡妞玩女人,穿上僧装时又当和尚接受他人的供养。这时候的他,已经堕落了。

还有一个女子,人很善良,但不幸遭遇恶友,受到挟持,一起生活多年,先得抑郁症,后得绝症,遭遇了命难。有人问其主治医生她得恶病的原因,医生说:要是将你跟狼关在一间房中几年,你早就得癌了。他说许多病是由抑郁引起的。许多癌症患者在得病之前,都有过情绪非常糟糕的一段时期。

医生说，小白鼠要是长期关在猫笼旁边，就会长出恶性肿瘤的。

下面的内容，摘自"百度"的"癌症的原因"词条：

致癌的因素十分复杂，而精神因素在癌症的发生和发展上起着重要作用。现代医学发现，癌症好发于一些受到挫折后，长期处于精神压抑、焦虑、沮丧、苦闷、恐惧、悲哀等情绪紧张的人。精神心理因素并不能直接致癌，但它却往往以一种慢性的持续性的刺激来影响和降低肌体的免疫力，增加癌症的发生率。这些刺激主要是通过神经生理、神经内分泌和免疫三个系统的相互联系起作用的，最后使肾上腺素皮质酮等内分泌增加，进入血液循环，从而损害人体免疫功能，导致正常细胞癌变。研究表明，当强烈的精神紧张刺激，使人丧失应对能力而表现出抑郁、沮丧的情绪时，会促使皮质类固醇激素分泌过度，从而抑制了免疫系统的功能，癌症就有可能在免疫系统功能下降时形成。专家还发现，情绪极度沮丧的人，血液中的 T 淋巴细胞数量明显减少，免疫功能下降。

医学家在一项调查中发现，81.2% 的癌症病人在患病前曾遭受过负面生活事件的打击……京、沪等大城市的一项398 例胃癌配对调查发现一个共同点，即胃癌患者都有经常生闷气的情况。从而说明不良的精神因素可以导致胃癌的发生，同时各地调查还发现性格开朗、精神健康的人不易患胃癌。祖国医学也认为"七情"的过度会导致气滞血瘀而发生癌症，认为"百病皆生于气""万病皆缘于心"。动物实验也证明，在连续精神刺激下，动物体内可长出肿瘤。

可以这样说，心情糟糕、情绪紧张、抑郁、悲观的人是癌魔的青睐者，癌症喜欢缠绕这些人。为了预防癌症的发生，我们不仅要防止各种致癌因素，还应当保持一种良好的心态和稳定的情绪，保证身心健康。

历史上有很多出色的女子，不幸嫁了"恶"人，大多会抑郁经年，不治而死，于是老祖宗有了"红颜薄命"之说。

至于为恶人直接摧残而死者，更是屡见不鲜。比如，1993 年 10 月 8 日，"诗人"顾城在新西兰的寓所，用斧头砍死了妻子谢烨，然后自杀。笔者在看到谢烨那张美丽的照片时，心都在颤抖。我很能理解，谢烨母亲写的那封滴着血泪的信。谢烨要是没有选择跟顾城待在一起，她还会被人用利斧砍开脑壳吗？

在我的近作《无死的金刚心》中，琼波浪觉也目睹了这类事情，他说："那些善于幻想的女孩总是将骗子和小人塑造成心中的艺术家和修行人。骗子们四体不勤，五谷不分，更不靠劳动养活自己。他们的生存，完全依托女孩们的辛勤劳动。那些可爱也可怜的女孩，以为自己在为艺术和信仰做着贡献，但她们根本不知道，她们用青春、生命和爱情——更有将对方对自己的控制和占有当成爱情而陶醉自慰者——供养的，其实是一个懒汉和骗子。要是再遇上一个没有理性的暴徒，或是那女子发现了欺骗却不能自我救度，再或是由于发现真相、抑郁入心，进而恶病缠身、丧失健康，这一生也就白耗了。你眼睁睁看着那些充满向往的女子，正扑向打着'信仰'和'爱情'旗号的骗子怀抱。你心疼如刀绞，却徒唤奈何。你知道，在被'信仰'和'爱情'美酒冲昏大脑之后，她们是连爹妈都不要的。你纵然吼破嗓门，也无济于事。待得真相大白，生米已成熟饭，儿女绕膝，沧桑入心，只能自认命苦，自咽苦酒。或有不甘心者，便选择了离婚，将命运苦果抛给了可怜的孩子。"

这世上，总是充满着这类遗憾。这遗憾，也成为佛陀发现的真理"有漏皆苦"的最佳注脚。

至于受恶友蛊惑，失去信仰、大做恶事者，更是会陷入万劫不复的境地。按佛家的说法，那不只是断了你此生的慧命，更会断了你生生世世的慧命，令你生生世世都会因无知而受尽无穷无尽的痛苦。

所以，在你的心灵力量不足以与外界抗衡的时候，千万要擦亮自己的眼睛，远离恶友，更不要因为想救度那恶友，反被对方的恶所污染。

世 界 是 心 的 倒 影

第四辑

Forth

生命因智慧而改变

真正的看破红尘，是对尘世失去以往那种盲目的迷恋。当你不再盲目迷恋世上一切的时候，你的心里就会产生一种巨大的厌倦感，觉得一切都没有太大的意义，就想逃离这个虚幻不实的世界。这时，你会产生巨大的出离心。

出离心不是一时的情绪

经典中讲过一个故事：有一个大富翁，他拥有一间大房子，但这间大房子只有一扇门。有一天，房子着火了，富翁的孩子们却光顾着做游戏，对自己身边的危险全然不觉。富翁急了，于是对着孩子们喊道，你们快点出来吧，外面有羊车、鹿车和牛车可以做游戏！一听说外面也有东西可玩，孩子们才争先恐后地从着火的房子里逃出来。

这个故事是什么意思呢？它说的是，火中作乐的孩子眼里只有游戏，而我们中的大部分人就像这些孩子，因为我们的眼中只有欲望，不知道享乐的本质原是苦。有的人熟悉如何在世间谋生、如何获取一些自己想要的东西，比如金钱、利益、好名声、社会地位等等，所以他们少遇挫折；有的人福报很大，运气非常好，所以他们也少逢逆境。但是正因为如此，这些人才会沉迷于享乐当中，愚痴而不自知。他们不知道人生其实充满了痛苦。什么样的痛苦呢？生老病死很苦，求之不得也很苦；与爱人聚少离多很苦，与讨厌的人常常相聚很苦；贪婪、仇恨、无知、傲慢、嫉妒的毒火包裹心灵的时候也很苦。只要尚未觉悟，人迟早会品尝这八种苦。可悲的是，有的人即便觉出了痛苦，也还是不愿从痛苦中解脱。为什么呢？因为他们觉得人生本该如此，他们看不见另外一种可能性，认为永恒的快乐纯属扯淡。为将这类人也导向觉悟，佛陀有时会运用一些巧妙的方法——就像富翁用新游戏吸引孩子一样——先吸引他们的关注，再慢慢开启他们的智慧。"先以欲诱之，后令入佛智"就是这个意思。

发现世界不断变幻之真相的人，就像是看见身边大火的孩子，他们也害怕，但他们放不下好玩的游戏。也就是说，当你想要从痛苦中解脱、实现一种真正价值的时候，就会发现，人性总是贪婪的，世上的一切虚幻，都在诱惑着你，它们像是凶猛的野兽般环绕在你身旁，想要伺机吞掉你。而且，你的四周像是一片密林，你纯粹置身于一个陌生的境地，对一切都难以测度。

不过，随着你对未知的恐惧慢慢加剧，欲望对你的牵扯便一点点淡化。有一天，恐惧的烈火会吞没整个欲望的世界，一切都被烧掉了，漫天尘烟，到处都是破败和腐化之象，一片狼藉，毫无生气。你再也觉不出半点吸引之处，你觉得世上一切都没有任何意义，它已经无法引诱你了。这时，你才算真的看破了红尘。

真正的看破红尘，是对尘世失去以往那种盲目的迷恋。当你不再盲目迷恋世上一切的时候，你的心里就会产生一种巨大的厌倦感，觉得一切都没有太大的意义，就想逃离这个虚幻不实的世界。这时，你会产生巨大的出离心。

不过，出离心并不是一种情绪，它是看清事物多变的本质之后所产生的一种真正的厌离之心。有的人觉得自己厌倦了尘世中的种种追名逐利，不想再参与其中的一点点东西，但是他们经受不起诱惑与刺激，那么这种厌倦就仅仅是一时的情绪。比如，我的好多朋友，今天说不炒股了，但明天看到别人炒股挣了钱，把持不住，又去炒了。他们就是不明白，股票升也罢，降也罢，都没有真正的意义。天大的财富，最后都会因各种原因而消散。"古今将相在何方？荒冢一堆草没了。"说的就是这个道理。只有真正明白了这一点，才会产生牢固的、真正的出离之心。

我的一个学生告诉我，他在一个尔虞我诈的环境中工作了好几年，身边所有人都不惜以损人利己的方式向上爬，他也是如此。但是随着时间一天又一天的推移，他渐渐发现，这样的生活似乎毫无意义，他不知道自己到底在追求什么，每一样他曾经拥有的东西，都像破了的水泡一样，或迟或早地从生活中消失了，那些建立在它们上面的快乐更是如此。而且，他发现，自己因为长期沉迷于这场游戏，已经无法再相信任何人，甚至开始防备、揣测和算计他的爱人。他再也找不到任何一个能让他放下一身盔甲的地方，每时每刻都生活在寂寞、失落与对未知的恐惧当中。更可悲的是，虽然这场游戏的所有参与者都是如此，但每个人都把这种痛苦看成一种必然，或者归咎于外部世界。为了消减这种痛苦，他尝试过好多方法，但除了面对自己的心灵，所有的方法都无补于事。所以他明白了，除非一个人敢于承认以往的无知，敢于质疑整个固有思想体系、行为标准，敢于以一种未必被世俗认可的方式去追求智慧与真理，否则，他就会一直痛苦下去。

明白了这一点之后，你渐渐对一切都感到厌倦，似乎对什么都不太在乎了。华衣美食不再吸引你，总经理、CEO 等名衔也不再吸引你，你失去了追名逐利的欲望，你只想获得一种解脱的智慧，只想在虚幻世界中建立一种相对的永恒。你开始叩问自心，寻找梦想，寻找活着的意义，你愿意为这意义付出整个灵魂和生命，即使无法得到他人的理解也在所不惜。因此，你生出了强烈的出离心，开始追求引导人们走向解脱的道路。然后，你开始修炼，心也开始斗争：我一定要挣扎、摆脱这个苦恼之心。

因为有了出离心，欲望就渐渐消失了。眼观诸色，耳听诸声，也不贪婪；鼻闻诸香，舌尝诸味，也不执著。所有感官所接受的信息，都不再干扰你的心，因为你整个身心都在渴求着彻底的觉醒：你贪婪的对象从享乐变为超凡入圣，你仇恨的对象从外部世界变成自己的执著，你明白一切都是虚幻却妄图建立一种相对的永恒，你的傲慢变成了一种坚信众生是佛的"佛慢"……各种执著都被你坚定的心软化了，慢慢便会消融于真心的光明之中，而渴望光明的你，也终将获得一种无条件的快乐。

眼观诸色，耳听诸声，也不贪婪；；鼻闻诸香，舌尝诸味，也不执著。

善知识是灵魂的灯塔

让你变得更加清净、宽容、明白的，就是善知识，因为他能引导你向上，消解你的执著，唤醒你内心本有的智慧；让你变得更贪婪、仇恨、迷惑的，就是恶友，因为他能诱惑你堕落，为你提供放纵的借口，教唆你为维护自己的利益而作恶，加重你内心的负面力量。

不管你希望以哪种方式强化自己的心灵，你都需要一个好的老师。这个好老师，可以是一位真正觉悟的智者，可以是生活中的大小事件，可以是一本好书，也可以是一段特别的经历，等等。当然，我个人是非常推荐禅修的，千年以来，禅佛修炼已积累了大量的经验，总结了各种行之有效的方法，适合各种人的各种需要。所以，我认为，找到一个真正的好老师，皈依他（她），在他（她）的指引下修炼你的心灵，这将省去你自行摸索的大量时间，也会帮助你避开途中的那些歧路与陷阱。

当然，所谓的"好老师"必须是个明师。这里的"明"，是指明白和智慧。也就是说，真正的明师，必须是个真正觉悟、拥有智慧的人。佛家中把这类人称为"善知识"。他不一定很出名，因为很有名气的人中，不乏不学无术的骗子；也不一定有出家人的身份，因为披袈裟者里面，照样充满了贪嗔痴。

为什么找到这样一位老师之后，就要皈依他呢？所谓"皈依"，是皈投、依靠的意思，皈依了明师之后，你的灵魂就有了依怙之所，你的心灵也有了依靠。这意味着，你愿意把身、口、意都献给一种大善大美大真的精神，此后你的一切行为、语言、念想都将是大善精神的出口。

一个人在没有觉悟的时候，怎样确定自己找到的就是真正的善知识呢？你要仔细观察自己的心灵。你要观察自己在跟他接触的时候，是渐渐变得清净、宽容、明白，还是变得更加贪婪、仇恨、迷惑。让你变得更加清净、宽容、明白的，就是善知识，因为他能引导你向上，消解你的执著，唤醒你内心本有的智慧；让你变得更贪婪、仇恨、迷惑的，就是恶友，因为他能诱惑你堕落，为你提供放纵的借口，教唆你为维护自己的利益而作恶，加重你内心的负面力量。如果对方是真正的善知识，你就要依照他教给你的方法，好好锻炼心灵；如果对方是恶友，你就要尽快远离他，阻断他对你的各种诱惑与干扰。

举个例子，有的人虽然无力摆脱欲望的束缚，但是他做事有底线，知道应该有所为有所不为，但是错信恶友之后，恶友告诉他，你必须争取更大的利益，因为这样你才有能力为社会造福，你先别管那争取会不会在行为上伤害别人，只要你不是为伤害他人而这样做就行，你要把所有善与恶的对立概念都抛弃。如果他听信了恶友的这番话，就会以各种借口来追逐欲望、维护自己的利益，为此不惜满口谎言、作恶害人。要知道，人的心灵就像是一张木头桌子，沾染油迹污垢是轻而易举的事情，假如你不但不擦它，还往上面抹油，日久天长，这污垢就会深深渗入桌子的内部，成为桌子的一部分，到时候，你再想把它擦干净可就没那么容易了。更可能发生的是，因为无论怎么擦都无法擦干净那脏透了的桌子，所以你干脆放弃了。也就是说，一个人想堕落是非常容易的事，如果他放纵自己，不以恰当的方法来清除心灵的污垢，就会飞快地堕落下去，除非他真心忏悔，用坚定的信念、恰当的行为来与内心恶的力量对抗，消解那份在往日的放纵中日渐强大的恶，否则他很可能会因为欲望的难以对抗，而选择自暴自弃，最终难免自食恶果。

除了观察自己的变化之外，你也可以观察对方的人格，尤其要观察对方如何处理与他人之间的利益冲突。假如一个人为了保全自己不惜伤害他人，那么他就绝对不是一个能够引导你向上的老师。这跟他说的话有没有道理、他都说了一些什么是没有绝对关系的。真正的心灵导师不一定很会说话，也不一定慈眉善目。有些好老师甚至还会不停地骂你，把你骂出一身冷汗，但是与此同时又觉得自己似乎因此而明白了一种东西，这也是"善知识"。密勒日巴的上师玛尔巴就经常打骂密勒日巴，但他仍然是非常伟大的善知识。

有时候，生活中的苦难也可能会成为你的明师。比如，很多人在亲友过世的时候悲痛欲绝，对尘世失去依恋，生起了巨大的出离心，这时就会发现以往执意追求的很多东西，薪酬、福利、外表、物质上的享受、他人口中的认可等等，其实根本没有一点意义。它们在无常面前不堪一击，而且转瞬即逝。对于这些人来说，亲友的离世既是灾难，也是一种助缘。

又比如，有的人很有钱，但突然患上了绝症，医生告诉他，无论花多少钱这个病也没办法治了。他才恍然大悟，多年来费尽心思，尝尽苦头，甚至不择手段积累所得的巨额财富，其实分文不值。于是他把所有钱都捐给了需要它们的人。对于他来说，绝症何尝不是一位绝好的老师呢？

再比如，还有的人，有妻有子有车有楼有钱，却突然在金融风暴中破了产，车子、房子、豪宅都抵押还债了，儿子和老婆也离开了他。某天，他喝着白粥想起以往的奢华生活，觉得世事就像一场梦一样，毫无真实感，心里反而淡然了，放下了一切，进而实现了生命的升华。对他来说，金融风暴就是明师。

巨大的苦难，能够激起一个人内心最美好的东西，也能激起一个人内心最丑陋的东西，区别在于你选择痛苦中沉沦放纵，还是觉醒、向上。能够明白"逆缘即顺缘，烦恼即菩提"

之真义的人，显然是幸运的。

当你生出巨大的出离心，并且找到了能导你向上的明师之时，你还需要一个明确的发心。所谓"发心"，就是许愿，它是你这辈子要达到的目标，是你所有选择与行为的标准与方向。《西游记》里白龙马的发心是："我一定要驮着唐僧去西天取经，最后得到真经。"有了这个发心，它的走就有了目标和意义，才会一步步、坚持不懈地驮着唐僧往前走。而磨坊里的驴则没有发心，虽然它也在天天走路，但它的走却毫无目标，仅仅在消磨着自己的生命。

发心，相当于王国维所说的古之成大业者的三种境界中第一种，即"昨夜西风凋碧树，独登高楼，望尽天涯路。"望尽天涯路，然后发心，最后决定走那天涯路。没有这个发心，就不可能有后来的行为。

巨大的苦难，能够激起一个人内心最美好的东西，也能激起一个人内心最丑陋的东西，区别在于你选择痛苦中沉沦放纵，还是觉醒、向上。

你可以先从爱你的家人做起，再将这份爱一点点地波及开来，让它遍及更多的人，甚至包括一些陌生人。当你对他人怀有一种无私的爱时，你自然会为了让他们幸福、快乐，而尽力地做些事情。这时候，你就会慢慢学会如何奉献，如何利众。

拥有出离心，找到善知识之后，你就拥有了一种改变心灵的可能性，但这种可能是不是能变成现实，还要看你自己的行为。你可以先从爱你的家人做起，再将这份爱一点点地波及开来，让它遍及更多的人，甚至包括一些陌生人。当你对他人怀有一种无私的爱时，你自然会为了让他们幸福、快乐，而尽力地做些事情。这时候，你就会慢慢学会如何奉献，如何利众。除此以外，你也可以按照佛家的方法来做一些事情。比如作福田，助长菩提心，为众生服务。

什么叫福田？福田便是你的功德和福德，积

累功德和福德的过程就叫作福田。作福田一般有两种方式，一是供养，二是布施。布施包括财布施、法布施和无畏布施。当然还有放生之类的，放生也属于布施，布施生命。

所谓财施，就是不但不夺取别人的财物，还能将自己的饮食、衣服、田宅、珍宝、钱财等物施予他人。当你把财富供养出去的时候，这个行为本身就会形成一种反作用力，给你带来巨大的福德。

不愿布施的人非常无知，他们的生命中充满了"我"和"我的"：我的楼、我的车、我的钱、我的女人……他们根本看不到其他事情。他们不知道，在自己忙于享乐，忙于追逐财富时，有多少家庭正陷入水深火热，吃不上饭，甚至把命都丢了。当他们对别人的痛苦毫无感觉的时候，对世界来说，他们的存在就没有任何意义。所以说，不愿布施的人，什么也不是。他们连手里攥着的三个铜板都不想丢掉，最后也就丢掉了。古今中外的王侯将相们，临终时还不是跟穷汉一样，四块棺板了结此生？

何况，专家们认为，世界上最大的赚钱秘密，不是索取，而是布施。据说，当你有了布施之心和行为时，你的心就和宇宙中非常伟大的某种力量融为一体，就像小河流入大海，变成大海的一部分一样，从而得到这种伟大力量的帮助，你便能够达成你的愿望，得到相应的福报。

一篇叫《历史上最伟大的赚钱秘密》的文章中说："如果一个人一直为他人的利益服务，甚至这种善行已经成为他下意识的习惯，那么宇宙中所有的善的力量都会汇集到他的身后，成就他的事业。因为除了布施，再没有任何声音可以更为洪亮地向宇宙宣示你的自信、富足和爱。"；"而当宇宙听到的时候，更多的美好会加倍赋予你——不是作为奖赏，而是因为你真正地相信你自己的富足和爱。"；"布施时间，你将收获时间。布施产品，你将收获产品。布施爱，你将收获爱。布施金钱，你将收获金钱。"；"所有的富人都会布施，我觉得不是这样，而应该是说，所有布施的人都会成为富人。"

所以，布施是世上最伟大的功德、善行和赚钱秘密。它就像种地一样，必须把种子种到田地里，才能开花结果。

某个国家，有许多非常优秀的企业和企业家，但是无论他们怎样努力，却总是贫富过不了三代。后来，企业家请了一些学者和专家，进行专题研究：如何才能摆脱"贫富无三代"的现象。专家们经过研究，得出结论：第一，必须建立优秀的企业文化，只有文化才能承载传统，才能承载你非常优秀的东西。第二，要用比赢利更快的速度把得到的财富回报给社会。后来，企业家们就这样做了，这个国家从此多了百年甚至几百年的有名企业。

但财施并不是最重要的，所有布施中，最重要的是法施。法施的意思是，当你从诸佛、善知识或经典中得闻世间、出世间的真理，并且因而受益，那么你就应该不计回报地把自己知道的真理传播出去。

　　法施也是一种自利利他的行为。释迦牟尼佛说，以充满三千大千世界的珍宝供养三世如来，其功德不如把《金刚经》中的智慧传播给世人。这说明"法施胜于财施"。原因在于，财施只能解决被施予者的一时所需，但法施却能创造一种改变命运的可能，并可传承下去。而且，法施比财施更加珍贵。

　　当我们把智慧传递出去的时候，许多人就会明白世界的真相，拥有智慧，变得快乐。他们受益之后，又会把这种解脱的智慧再次传递出去。这很像一个薪火相传的过程。当我们用智慧的火把点亮别人心中的火种之后，他们的心也会变成火把，他们就能点亮更多人的心灵。

　　所以，真正的法施者，必须拥有一颗利众的菩提心。菩提心，是无求的清净心。当你拥有菩提心之后，还要用利众行为来诠释它。经典中将所有善行归纳为十种：

　　第一，不但不杀生，还要行放生之善，要力所能及地尊重并帮助所有生命，行使它们生存的权利。

　　第二，不但不窃取他人财物，还要行布施之善。

　　第三，不放纵情欲，不做邪淫欲事，还要自净其意，精进修行。

　　第四，不说谎骗人，而且还要真诚、坦诚地对待别人。

　　第五，不谈论是非，更不挑拨离间，反而要尽力协调他人之间的矛盾。

　　第六，不口出恶言，不辱骂他人，并且要以平淡柔和的语气与人交谈。

第七，不信口开河，也不吹捧他人，要诚实、坦率地对待别人。

第八，不贪恋情欲，也不贪图享受，还要自净其意，精进修行。

第九，不对别人发火，也不记恨于人，还要以慈悲忍耐的心来对待他人。

第十，不生偏邪异见，不执非为是，并且还要时时提起正信正见。

整个佛家教义，就是围绕这十种善行而设立的。它属于一种基本道德规范。更重要的是，它能帮助你清净身、口、意的污染，使你远离恶的环境，为你的解脱提供一些助缘。这也是戒的意义。当你远离邪恶，趋向善道，俱足这十种善业之后，也就俱足了成就无求之心的基础。不过，想要利益众生，你还必须生起一种"威仪"。

"威仪"类似于佛慢，是自心的真实体现，并非表演和虚诈的行为。真正的威仪，是严格守戒之后，清净心中生起的一种令人敬畏的仪态，是真心的流露。它所展现出的，是一种对真理的深信不疑，以及对身心的强大控制力。你从对这种威仪的敬仰中，便能生起对真理的信赖与向往。

近千年前，密勒日巴在山洞中苦修多年，无暇顾及饮食营养、无暇顾及衣着仪表，直修到骨瘦如柴，身体都变成绿色，屁股上也长出了厚厚的老茧，终于摘得了究竟佛果，这才开始弘法。正是这个原因。所以说，当你抛开成见与无益的揣测，进入真修行人的内心，体会他们单纯的愿望，回想他们为追求信仰所付出的一切努力，你确实是会被感动的。

世 界 是 心 的 倒 影

对整个社会、整个人类、整个世界来说，有你，又是不是比没你更好呢？如果做不到这一点，你就没有实现一种真正的价值。所谓真正的价值，是一种利众的精神，当你站在整个宇宙、所有众生的立场上，做一些真正利众的事情，你才能实现自己真正的价值。

所谓的心灵成长，就是让自己的心变得越来越博大。有一天，当你不再计较个人得失，无条件地为他人着想时，你也就实现了一种佛家所说的"无缘大慈，同体大悲"。这时，你就从一只蚂蚁，变成了一头大象。

在你仍是一只蚂蚁的时候，你也许很难明白大象的心，你或许还不明白，真正的成长代表着什么。你可能会认为，时常陪在父母的身边，为子女提供优越的生活环境，这就是你的人生目标。但是，你明白他们需要什么吗，你能帮助他们得到那些自己真正需要的东西吗？恐怕不能。因为，当你还没有成为大象的时候，你无法真正地读懂他们的心，你也不能真正地读懂自己。

人类的所有追求，都是快乐。无论做什么，都是为了得到快乐。画家画画，演奏家演奏，作家写作，孩子在沙滩上撒野，都是为了得到快乐。小车、楼房、钞票的出现，也是因为人类想得到快乐。但真正的快乐太简单，太质朴，所以很多人都忽略了它，去外面的世界寻求一种更像"快乐"的东西，这就像你在心外的世界寻找你的心一样，了不可得。如果你找不到自己需要的东西，又怎么能把它带给你爱的人们呢？

你需要的长大，不只是生存技能上的长大，而是一种更加本质的成长，心灵的成长。当你的心灵足够强大的时候，你就会拥有一种清醒，一种"众人皆醉我独醒"的清醒和自信。

这时候，你会发现，赚了多少钱，拥有多少粉丝，有多少人知道你的名字，都没有真正的意义。除了个别福大的，名字啥的，都比身子烂得快。一茬一茬人死去了，谁记得他们在哪个公司里做过事，谁记得他们是经理还是小职员，谁记得他们开的小车是啥牌子，谁又记得他们住的楼房有多大面积？没人记得，你的存在就像苍蝇划过虚空一样，留不下任何痕迹。因为你没有创造一种不会被岁月毁掉的价值，佛家称之为功德。

也许你曾经为自己的公司赚了不少钱，也曾经给家人提供了非常好的享受，但你给予利益的只是一些与你息息相关的人。对整个社会、整个人类、整个世界来说，有你，又是不是比没你更好呢？如果做不到这一点，你就没有实现一种真正的价值。所谓真正的价值，是一种利众的精神，当你站在整个宇宙、所有众生的立场上，做一些真正利众的事情，你才能实现自己真正的价值。这种价值，能够脱离肉体的桎梏，一代又一代地传承下去，点亮一代又一代人心中智慧的火把，成为人类的有益营养。正如释迦牟尼，他的肉体消失了千年，但他的智慧至今照耀着人类的灵魂，这才是生命真正的意义。

十岁的时候，我就亲眼看见了死亡，从此以后，对死亡的思考与恐惧，便一直跟随着我。我常常害怕死亡带走我生命的所有证据，那时候，我有没有活过，又有什么区别？于是我开始追问活着的意义。后来，佛陀割肉喂鹰、以身饲虎的精神点亮了我的心灵，我终于明白一个人到底为啥活着，活到底有啥意义。这意义，后来成了我衡量一切的标准：这个世界上有你，是不是比没你更好？我的写作也是如此。我不愿意浪费自己的宝贵生命，写一些我视为垃圾的东西。什么叫垃圾？不能给世界带来一点好处，既浪费我的时间，又浪费读者的时间，这就是垃圾。我不愿意写这种东西，那不是清高，而是一种选择。每个人在面对世界的时候，都应该清醒地做出自己的选择。

但可惜的是，大部分人并不知道自己应该这样做，更不知道自己能够这样做。他们无时无刻不活在外部世界的奴役当中。尤其是一些聪明人，他们有太多的心计，太懂得玩弄一些把戏。他们用一些毫无意义的事情填充自己的生命，舍不得用哪怕一点点时间，来关注自己的内心，关注这个世界。他们太过专注于一种利益的游戏。我知道，他们跟我的乡亲们一样，都觉得"人死如灯灭。死了，就啥都没有了。"这种观点被唯物论者接受。那些怕日后"啥都没有了"的人，就利用手中职权大肆搜刮，于是有了好多为害社会的人。但好多忠实的唯物论者都不知道，他们大声吼出的观点，正是这群人肆意妄为的基点。

但佛家不是这样认为。佛家相信六道轮回，相信生命的长河奔流不息。按照佛家的说法，人道属于三善道，积累相当的福报，才能做一回人。可见，人的生命时光是多么宝贵。浪费它，就是在浪费自己生生世世的心血与努力。

对于大部分人来说，意识到人生的短暂，总是在接近死亡的时候。原以为几十年的光阴，足够我们做好多事情，但眨眼间，我们就白了头发，佝偻了身体。这才发现，自己的活，仅仅是为了迎接死。这样的活到底有啥意义？电视剧里，有个五十多岁的老汉对他的儿子说，你爸爸活了一辈子，没啥梦想，一辈子就这样过去了。大多数人都是这样的。但他们不知道，自己可以有另一种活法。啥活法？参透这世界的如梦如幻，把握当下，做一些对世界有意义的事情，创造一种不会被岁月毁掉的价值。

当你明白了这一点，就会明白，所有的享受，不过是一些虚妄的情绪与记忆，转眼就会消失痕迹。当你沉迷于它们的时候，你就会忘掉梦想，忘掉一种质朴的快乐。你会让那欲望的火时时舔着你的心。其实，别人的评价也罢，个人的得失也罢，都是虚幻无常的东西。即便它们能够给你带来快乐或者痛苦，也不过是你自心的显现。世界上纷繁的现象和境界无不是你真心的映照和化现，无不是你本来空寂明朗的那个"心体"所生起的妙用。当我们的心体生起妙用时，会随缘映照出"染"和"净"两种化境。"染"者，妄心化现的诸种境界；净者，没被污染的真心化现的诸种境界。当你明白这一点，见到自性真心的时候，你也就明白了世间的真相。

你的明白会一天天照亮你生命的旅程，为你指引方向。你就这样一步一步、踏踏实实地走下去，总有一天，你的心量会大到能够容下整个世界，将世界上的一切都化为你心灵的养分，让你的心从脆弱不堪的幼苗，成长为坚不可摧的大树，再从枝丫里绽放出美丽的花朵，用自己的芬芳温暖整个世界。这个时候，你才真正从一个孩子，成长为一个能够自主的大人。

修炼的对象，应该是你的心

无论用什么样的方式修炼，对象都应该是我们的心。心正了的时候，行为上自然利众向善，所以才说，直心是道场。当心开始邪恶，被欲望所控制时，人就是魔军了，行为上也会偏向于损人利己。

许多人觉得修行很苦，尤其不能理解的是，他们在用一些旁人不太理解的方式，比如素食、坐禅等等，是在对抗一种人性本具的欲望。但对于真正的佛家信仰者来说，这并不苦，而且，他们的向善，并不是因为惧怕"六道轮回"和"因果报应"。对于他们来说，轮回与因果只是简单的事实，跟吸烟有害健康一样，它们不是束缚心灵的僵死教条。

真正的修行者追求的是一种无条件的自由，他们的所有修行，都是为了打破心灵的所有束缚，实现一种完全的自主。所以说，他们当然不会去追求另一种领带、西装与裹脚布。修行中所有看起来像是束缚的东西，都不过是一些方法，它们是帮助修行者远离恶的污染、自净其意的工具，是为他们挡住外界邪风恶雨的那堵墙。当智慧没有觉醒，或者智慧已经觉醒但定力还不够的时候，修行者需要借助戒的力量，约束自己欲望化的行为，保护心中觉悟的火种。当他们能够时时警觉，护持真心的时候，对世界上所有的幻象因缘，就都不会去在乎了。这时，他们就不会为无法拥有什么东西而感到失落。因为，当他们俱足究竟智慧，并能用智慧观照世界，发现它的虚幻不实时，就不会再受它的诱惑，这就得到了解脱。有了这种见地的同时，所有疑惑就解除了，解除疑惑，不去受它的束缚，这就是修行追求的解脱。

明白了这一点之后，你再来看世界的五光十色，就会觉出其中的乏味，也会对为此乐而忘返的人们生起由衷的悲悯。你当然明白，那是另一种活法，那种活法也有他们想要的轻松、惬意，你尊重他们。甚至，当一个沉迷于俗乐的人，想将他的快乐强加于你的时候，你还是感谢他的。因为你知道，他就像个孩子一样，觉得糖果好吃，就想让父母品尝。父母知道孩子的心意，他会真心享受这份心意带给他的快乐，但他不会沉迷其中，更不会强求。因为沉迷于虚幻无常的俗乐是痛苦的。比如，当某个玩具近在咫尺，而这孩子却得不到的时候，他会痛哭流涕，甚至在地板上打滚，他是真的痛苦了。他觉得自己一旦拥有那个玩具，就会比现在快乐十倍，他不知道自己很快就会对那玩具感到厌倦，也不知道那玩具迟早会坏，他只知道自己想得到它。你理解孩子的痛苦，但你不一定要放纵他们的欲望。最重要的是，不再是孩子的你，肯定不会为了跟他们争抢玩具而打成一团。

楼房、小车、钞票等东西，实际上就是大人们的玩具。孩子们关注玩具，不断根据见闻提高自己对玩具的要求，我们也是一样。但我们比他们更贪心。因为我们心中的"玩具"更多，诱惑更大。这些玩具就是欲望。

当你发现这个世界上的一切都是假象、虚幻、无常、没有自性时，发现的这见地本身，就可以让你解脱。这个时候，你就要换一种方式锻炼心灵了。因为，当你的心灵改变了状态的时候，以前的方法和规矩就会变成另外一种障碍，你要把它们也从心里扫出去。不过，你得到了一点点东西，就觉得自己已经进入了某种境界，要超越所有名相，包括修行仪轨、善与恶的分别、正见等等，这反而是毫无益处的。因为你不能确定自己真的摆脱了欲望的控制。凡夫的无分别，不是智者的无分别。因为，前者是用真理的名义为自己开脱，后者则是一种智慧的显现。不过，无论用什么样的方式修炼，对象都应该是我们的心，而不是身体，更不是某种觉受与神通之类的东西。心正了的时候，就成为佛道，行为上自然利众向善，所以才说，直心是道场。当心开始邪恶，被欲望所控制时，人就是魔军了，行为上也会偏向于损人利己。我们所说的邪魔外道，就是由邪心导致的。

《西游记》里面的唐僧之所以成为唐僧，并不是因为他身上的肉好吃，而是因为其心正。心正故成"圣僧"，心邪便是妖魔。孙悟空之所以成为孙悟空，成为齐天大圣，最后成为斗战胜佛，就是因为他的心一天天消除了无明，消除了烦恼，消除了散乱，最后证得了一种安详和宁静。所以说，"心"是轮回的种子，六道就是这个心造的。

老祖宗常说："诸恶莫做，众善奉行。自净其意，是诸佛家。"就是要我们远离诸恶，奉行诸善，用善念来净化自心。一个人还没有觉悟时，"诸恶莫做，众善奉行"是一种行为准则；当一个人开悟之后，它就变成了一个自然而然的结果。其中的区别，就在于心的状态。

在你还没开悟，仍然认假成真时，往往会把一切都看得非常实在。你在乎别人怎么看自己，也在乎自己失去了什么。你的心里常常回荡着一种悲情的巨响，你的内心深处，似乎蜷缩着一个无助无力且不被需要的孩子。他害怕黑暗，更害怕黑暗中的未知。在这看似真实的痛苦中，你几乎想给自己一个有力的拥抱，但你找不到拥抱的对象。因为，它只存在于无穷无尽的妄念当中。

当各种妄念都停了下来，而你的智慧又没有昏昧，并能进行妙察时，真心就可能显现。就好像云彩消散之后，明朗的天空就出现了；就好像风息浪止，大海如镜。但妄念止息还不够，还要有一种光明。啥光明？智慧的光明。你不能像快入睡时那样，那时候虽然也空也寂，什么也不想，但那是昏沉。那不是真心，而是一种顽空。真心是空寂而灵炯、灿然具光明的，就像能够折射光芒的水晶，非常纯净，却又充满了灵动的力量。所以真心也被称为明空。

安住于明空，安住于真心，让这种遍及一切的智慧光明照亮你的人生，改变你的心灵，那就是最好的修行。

世
界
是
心
的
倒
影

在智慧的观照下，你会认真专注地生活，但不强求结果，也不强求某一状态的永远留驻。这时候，你便可安住于法性当中，随缘任运，宠辱不惊。

生活在红尘俗世中的我们，不得不接触到各种各样的恶，尤其在现在这样一个信息畅通的时代。所以，为了不要受到恶的熏染，我们必须给自己营造一个善的环境。或者寻找一位导你向善的老师，或者结交一些向善的朋友，或者经常阅读一些承载大善精神的好书，或者经常做一些力所能及的善事，或者以佛家修行的形式，以善的信息不断熏染自己的心。

人的心灵像是一片田地，不种庄稼就会长出野草。如果你不用豁达、利众的真理来熏染自己的心灵，它就会被消极、负面的信息所填满。如果你想要活得快乐、坦然，就应该选择一些适当的内容，选择一些好的方法，将真理与爱种进你的心田。同样的道理，假如你厌恶某些社会现象，就先让自己变得与它不一样，然后用你所有的言行举止来传达善。当这个社会里，善的声音超过了恶的声音之时，就会形成一种善的集体无意识，这个世界就会改变。所以说，世界的改变，源于每一个愿意改变自己的你。

我的小说《西夏的苍狼》中有一个西部歌手，他曾经杀了无数的狗，后来在某个月夜里，他被一只母狗的哭声感动了，他突然明白狗也是生命，狗也有母亲和孩子，它们的母亲也会为了它们的死亡而痛苦不堪。他不知道母爱是什么，因为母亲因生他而去世了。但他觉得，当自己痛苦、受伤甚至死亡的时候，母亲也会像那只母狗一样，为他这样撕心裂肺地痛哭。所以，在那个瞬间，他那颗充满愤恨的心突然软到了极致，哀伤充盈了他的心灵，他生起了真诚的悔改之心。于是，他不断念诵承载大爱与大善精神的经文，无数次清洗自己内心的污垢，终于变成了一个心里充满爱的人。

其实，爱是每个人天性中的需要，也是人心本具的东西。之所以我们有时会忽略了它，是因为我们被欲望和妄念所迷惑了，不能认知真心。当我们以适当的方法调心，让自己变得越来越宁静时，我们就会看到自己内心原本俱足的爱与智慧，体会到与诸佛菩萨无异的慈悲，这便是真心的妙用，也是真正的空乐，它是遍及整个虚空法界的。它就是我们常说的"无缘大慈，同体大悲"。想要真正理解到这一点，你必须拥有一种正念。而拥有正念的前提，就是开悟，明白真心，见到实相光明。

什么是真心？什么是妄心？我常说，妄心就是假想浮动之心，真心是澄然空寂之心。妄心者，情绪波动，杂念纷飞也。真心者，本来清净心也。

真心无波无纹，本来清净，如虚空，如明镜，朗照万物，而如如不动时，还有那份警觉存在。空性为体，警觉为用。空性无变易，警觉随缘现。这便是正念。当你心如虚空湛然空寂时，当你心如明镜朗照万物时，你必须提起正念，你必须守住觉性。你可以试着去聆听远处的一声鸟鸣。当然，你的目的不是听那鸟鸣，而是为了生起一份警觉。

每个人明心的因缘不同。有一天，一个女孩在跳作明佛母舞时明白了真心。那时，她非常陶醉，达到物我两忘。那时，她就是作明佛母，作明佛母就是她。她的心中充满了快乐，心灵像天空一样明静自由。她的心中没有任何杂念，没有任何分别，既自由快乐，又高度宁静。这时，她便见到了自己的真心。

真心，也是"平常心是道"中的"平常心"。它是我们原本俱足的一点灵光，湛然空寂，明明朗朗，如虚空般遍及一切，如明镜般映照一切。当这点灵光照亮我们的生命之时，我们便安住在一种宽坦任运当中，任自然地做人，从真心地行事，无机心也无计较，无所谓执著也无所谓舍弃，不把任何事情放在心上，却又能专注用心地做好任何事。这就是我常说的"以出世之心，做入世之事"。平常心，便是那出世之心。

假如暂时还找不到能够让你开悟的老师，你也可以不断观察生生灭灭的现象：露珠的蒸发、闪电的忽来忽去、友人爱侣眨眼间成了隔世的鬼、回忆不断变成黄沙里遁去的狗、甘肃武威民勤县的存在终将被沙漠所吞噬、马尔代夫的美丽也将成为一个昏黄的记忆……在不断的观察中，你会逐渐明白缘起性空的真理：不管你是否愿意，当旧因缘离散、新因缘聚合的时候，世界必然会发生改变。世界的变幻无常，会使你对一切都越来越感到淡然。金钱也罢，名利也罢，得失也罢，包括生命，你都不那么在乎了。不过，这种不在乎不是一种束手就擒，而是一种不强求不执著的智慧。

在这种智慧的观照下，你会认真专注地生活，但不强求结果，也不强求某一状态的永远留驻。这时候，你便可安住于法性当中，随缘任运，宠辱不惊。

什么是法性？法性就是世界的真正面目，它不会随着因缘的生灭而改变，它就是真如、真心、实相。它是世间唯一的永恒。而所谓的以智慧改变生命，就是认知法性、保任法性，然后慢慢融入法性，当法性即是你、你即是法性的时候，你的生命状态也就自然改变了。

保持头脑的清醒，任何时候都不要心不在焉，每时每刻都要明白，过去无法改变，未来的一切又建立在每一个当下的基础之上。你只管安心做好手头的事情，注意倾听内心响起的每一个声音，不要把它们当成必须去遵守的指令。

保持清醒，倾听内心的声音

许多时候，心决定你眼前的境，各种境界的显现都源自你的心。快乐的时候，你觉得阳光明媚，万物灿然；不快乐的时候，感觉一切都很讨厌，小鸟本来在为你唱歌，你却拿了一把弹弓打它，说它吵了你。有一首诗这样写道："打起黄莺儿，莫使枝上啼。啼时惊妾梦，不得到辽西。"说的就是这种情况。在那相思的女子心中，美妙的小鸟叫声，也成了搅醒她美梦的讨厌声音。

所以说，你有什么样的心，就会看到什么样的世界。你的看法是世界的真相吗？是，也不是。对你来说，是，因为它存在于你某时某刻的想法当中；

对于世界来说，不一定是，因为每个人眼里的世界都不一样，每个人的想法本身也不断在变化。某个朋友曾经说过，他认为世界上最后一位圣人是曾国藩，但是我告诉他，曾国藩杀过许多人，百姓都叫他"曾剃头"，于是他从此不再认为曾国藩是圣人。那么，什么才是世界的真相呢？是流动的水，是分秒生灭的细胞，是变化，是空。

明白世界的本质为空，并不是说我们的一切行为都没有意义，更不代表我们应该抛弃一切，什么都不干。而是意味着，我们应该、并且能够以经历梦境的心态来体验人生。

举个例子，既然我明知世事无常，也能独自享受那清净之乐，为什么还要写这本书？为什么还要说这么多话？为什么我不像隐士们那样躲在山里，或者干脆回家种地呢？因为我知道，许多人都因为不明白世界的真相而活得非常痛苦，我宁愿将须臾生命用于效仿佛陀、孔子等古代贤圣，做一些有益于社会的事情，说一些有益于社会的话，在有限人生中创造一种真正的价值。当然，社会能不能因此而受益，我只能随缘。这就是佛家所说的"顺世"。

好多人以为佛家的顺世就是逆来顺受，事实不是这样的。佛家提倡顺世，是建议人们在全盘接纳自己的命运——无论好坏——的基础上，为自己做出智慧的抉择，既不要忘乎所以，或者怨天尤人，也不要让瞬息万变的世界改变自己的明白与快乐。

什么是真正的智慧？怎样去判断自己做出了智慧的抉择，还是消极逃避或者冲动妄为呢？佛家认为，如果你明白了真心，并且能在生命的每一个刹那都以真心做事，没有一丝迷惑，没有一丝束缚，那么你就是真正的智者，你的一举一动就是智慧的抉择。

那么，怎样才能停止妄想，又如何察知自己是否在真心状态呢？

经典中说过，停止妄念的同时就会进入真心状态，而停止妄念的前提，是你必须专注于眼前的事情，保持清醒，时时观察自己的内心世界，也就是我们常说的"生起警觉""保持觉性"。因为，你只有对自己的内心状态了如指掌，才知道自己是不是又在胡思乱想，然后才谈得上止息妄念。

假如你发现自己生起了妄念，又该怎么处理呢？你不要用另一个念头，比如说"不要胡思乱想"这样的暗示去压制它，你只管做自己该做的事情，把那念头当成过路的客人。你对它的到来一清二楚，但是你不跟它攀谈，更不跟它套近乎，你只是静静地目送它离开。"目送归鸿，手挥五弦，俯仰自得，游心太玄"，任由念头自来自去。这样，它就不会对你的心产生干扰，你也不会因为想把一个浪头按住而激起更多的波浪。也就是说，你就不会因为对真妄的分别太过强烈，反而干扰了自己内心的宁静。

我举个例子：你正在写某个项目的策划方案，因为需要借鉴类似案例，所以上网搜索相关信息。但是，搜索信息时你看到了一些自己感兴趣的新闻，就停下手头上的工作，浏览起网页来。浏览网页时，你又想起自己要买个什么东西，于是登录了购物网站。左顾右盼了老半天之后你才发现：诶？我的方案还没完成！你一看表，原来已经过去好几个小时了。为此你陷入自责当中……

为什么会这样呢？因为你被"我想看新闻"的念头所牵引了，

一直跟着它和许多它所衍生出的念头，越走越远，完全忘记了自己正在做什么事情，当然也忘记了事情的重要性。要是你当初能让那念头自来自去，不去迎合，也不去驱逐，那么接下来一连串的事情都不会发生。所以说，对待妄念，最好的方法就是不要跟着它走，做到"念来无执，念去不随"。

如果你从来没有观察过自己的内心世界，甚至不太清楚具体该如何"观察"，不如就从留意自己的念头做起。保持头脑的清醒，任何时候都不要心不在焉，每时每刻都要明白，过去无法改变，未来的一切又建立在每一个当下的基础之上。你只管安心做好手头的事情，注意倾听内心响起的每一个声音，不要把它们当成必须去遵守的指令。但是，这种倾听也不能过于刻意，假如太过刻意的话，它就会变成另外的一种妄念。注意，倾听是为了不跟随，而不是为了以一种妄念压制另一种妄念，更不是为了形成一种新的对立。

可是，为什么我们要留意妄念，而不直接去认知真心呢？因为，对于"观察"的初学者来说，这也许会有一点困难。真心是超越概念的，所以你很难通过学习概念来认知它。即使某几个瞬间你正处在真心状态，恐怕你也不敢相信，或者不能认知。幸好，真心与妄心是一体的两面，妄心止息，显露出的就必然是真心。

对待妄念，最好的方法就是不要跟着它走，做到『念来无执，念去不随』。

这个念头和下一个念头之间，有一个无念状态，只要你能及时捕捉到它，用你的自性或者觉心去观照它，你就很容易契入真心的状态。

真心和妄心体性为一，不是截然分开的两个本体，正如平静的大海与波浪虽然外表看起来不太一样，但并不是两个相互独立的个体，两者的体性都是海水。无风不起浪，投石才成涟漪，体性不变，可又因为具体情况有所差异而产生多种示现。

当你抵挡不住这个世界的诱惑，心随念走时，心就起了变化，这就是妄心。波息浪住的时候，就是真心状态。每个人随时都可能出现真心状态，只是我们未必能够认知。比如，这个念头和下一个念头之间，有一个无念状态，只要你能及时捕捉到它，用你的自性或者觉心去观照它，你就很容易契入真心的状态。

《真心直说》中为我们提供了十种非常好的"真心息妄"之法：

第一种，觉察。观察的同时谨防妄念生起，一旦发现自己在胡思乱想，就要立刻斩断念头，不再想下去。比如，你正在写文章，却突然想起晚饭不知道吃什么好，这时你不能在这个问题上停留，而要立刻回到写文章的状态中去，专注地做好眼前的事情。对于那些时时诱惑你的念头，你一定要学会拒绝，千万不能跟着它走，因为你一旦放松警惕，它就会用许许多多的理由来迷惑你、诱惑你，让你对自己的决定产生怀疑和犹豫。

第二种，休歇，也就是放下。让你的分别之心歇一歇，别用它来衡量眼前的人和事物，不去计较好与不好，该与不该，靠谱还是不靠谱。观察之后，你放下便是。比如，你看见一个美女，欣赏过了便是，无须评论她的行为是否配得上她的美貌，也不用深究她哪里最美，更不要念念不忘害上相思。

第三种，泯心存境。妄念起时，便令其消灭，不管外面发生了什么事，但息自心即可。妄心要是息灭了，外部环境也就无法再迷惑或者诱惑你。例如，你看见自己的女朋友在跟别的男人吃饭，心里十分不快，甚至有些愤怒。你担心会失去她，但这只是你的猜测，它只会伤害你自己。因此，你不妨不作任何猜测，看见就看见了，不作任何想象、牵挂和执著，便能不堕妄念的火海。

第四种，泯境存心。你只要明白，所有事物都是海市蜃楼般的存在，早晚会变成记忆，这记忆也终将消失，也就不会去在乎它。

第五种，泯心泯境。你不但明白所有事物都虚幻不实，还要明白自己的心念同样瞬息万变。今天所担忧的事情，有时正是你明天所期待之物；昨天所期待的东西，有可能变成后天所担忧之事。因为，你的情绪随时在变，你心中的世界也随时在变。那么，你何必把外境放在心上，又何必费心费神地对外境诸般思量呢？

第六种，存境存心。不要被眼前的现象所迷惑，不因经历而生出喜恶等情绪。做到这一点，你也就实现了一种真正的自由。我在法兰西学院演讲时说过，外界允许我们做自己想做的事情，说自己想说的话，这不是真正的自由。因为它是被动的，它需要外界的配合，但这种配合又不是我们能够控制的。所以，期待这种自由，就等于承认自己是外部世界的奴隶，因此这种期待本身，就是一种巨大的不自由。只有当我们的世界与外部世界之间相互独立，对外界发生的一切都清清楚楚，但又不会被它所影响的时候，我们才能实现真正的自由与自主。这便是存境存心。

第七种，内外全体。世间万象皆不离真心。有一位德国哲学家叫马丁·布伯，他写了一本书叫《我和你》，里面阐述了实现不朽的两种可能：其一是让巨大的存在消解自我，其二是让自己的心灵变得足够博大，能够包容整个宇宙和大自然。试想，假如你的心量大到能够包容整个外部世界，外界与你就必定融为一体。既然本为一体，又怎么会存有一丝半点的对立？没有对立，自然没有分别；没有分别，自然没有了滋生妄想的土壤。当然，实现这种包容的前提，仍然是明白世界不过是梦幻泡影，本质为空。但它不是"空无一物"的空，而是真心般湛然空寂、具有无数种可能性的空。

第八种，内外全用。当你真能安住于真心时，所有外境与自己的心念就都成了真心生起的妙用。你不对它们做任何有意识的分析与评价，不用思维、经验、标准和概念去衡量它们，不用对立的概念来区分和归纳它们。就是说，走路时便走路，睡觉时便睡觉，吃饭时便吃饭，不要给这些自然而然的行为加上许多目的、方法和评价。例如，你不用计较自己走路的姿势是否优雅，睡觉会不会磨牙，饭量太大会不会让人笑话，你只管保持当下的轻松自在便可。

第九种，即体即用。眼前万法，既是真心之体，又是真心之用。比如，人行道中间有个大坑于是你绕行，你闻到米饭变馊就晓得饭已坏掉，但它并非妄想，而是一种超越概念与意识的直感。这种清明的觉知，便是真心与无记、昏沉、发呆之间的区别。只要你每时每刻都保持清醒的觉知，同时又安住在空寂的状态之中，就既能享受"空"的轻松自在，遇事又能有敏捷的反应，这样一来，又何须对事对物多作猜测与联想？

　　第十种，透出体用。你不用管什么是体什么是用，什么是真什么是妄，什么是外什么是内，什么是烦恼什么又是菩提，你尽管把一切概念与对立都统统放下，不思前也不想后，只管专注于当下，随缘任运，清明于当下，这样一来，你自然不会生起妄念。

　　这十种方法都是很好的入道之门，你只需选择最适合自己的一种，长期依法锻炼，就定能使心灵与生活发生巨大改变。可惜识货者不多，大部分人都以为真正的珍宝总是长着惊世骇俗的面孔与身姿，而且总被藏在一个神秘的远方，以致宝珠染尘，明镜蒙垢，实在可惜。

当你明白自己的执著与执著之物都是善变的，都不会永恒的时候，你的心自然会放松下来，再放松一点，最后像躺在暖阳下的青草地上般的舒适与惬意，你就不会觉得自己活得很累，也能任运坦然地面对这个世界，以及你经历的很多事情。这时，你才真正是坚不可摧的。

处于空寂明朗中的时候，你会发现，什么样的经历都会过去。一旦过去，一切就仅仅是回忆。如果你执著于某个痛苦经历，回忆就延续了它对你的伤害；如果你不在乎它，它就不过是梦幻泡影，与一些使你愉悦的经历没有任何本质上的区别。它们只是你人生路上的若干片段，稍纵即逝，共同构成了你生命的痕迹与证据。

所以说，执著于个人得失的人，总是比无私的人更容易产生烦恼和痛苦，因为他们总有太多的欲望得不到满足，他们在乎别人对自己的看法，在乎世界对自己的态度，在乎自己的付出有没有回报。

他们总是牢牢抓住太多虚幻的现象不肯放手，总是以为这是一种精明和清醒，不屑于反思它会不会是另外的一种谬误。但是他们不明白，痛苦的来源正是这许许多多的在乎与精明。看不透这一点的他们，当然不是真正清醒的人，也不是真正爱自己的人，更不可能懂得如何去爱他人。他们也许能获得很多世俗的成就，也许不能，但可以肯定的是，精于计较的他们一定活得很累。

要想解决烦恼，或者不生烦恼，就要记住，当世上的诸多存在显现于你的心性中时，你的真心要永远灵敏明朗，不要昏昧糊涂。就是说，在面对世界的时候，你必须时刻保持宁静与清醒，注意观察内心的每一个念头，不要让纷繁变化的事物把你的心牵走，不要放纵自己沉浸在某种情绪当中，更不要昏昏沉沉，一点反应都没有。这时，你才不会被概念、经验、欲望和偏见等妄念所左右。

当然，道理说起来很简单，但真正能够做到的人却相当少。真正能够控制自己的心，接受无常，明白世界的幻化，进而不被妄念所左右的人，才是真正的智者。只有真正的智者，才能善待自己，善待别人。

"善待自己，善待别人"跟"学会爱自己，才能懂得爱别人"是同一个意思吗？是，也不是。善待就是一种爱，因为心中有了爱与慈悲，你才能真正善待自己与他人，从这个角度上来说，是。但为何又不是呢？因为"爱"是一个非常容易被误解的字眼。

什么才是真正的"爱自己"？说自己想说的话，买自己想买的东西，做自己想做的事情，忠于自己哪怕是错误的想法与观点，这就是爱自己吗？对一些人来说，这或许就是爱，但这是一种以自我为中心的爱，这种所谓的爱是非常自私的，本质上说，它仅仅是一种强烈的欲望。信奉这种爱的人，永远都会以小我作为衡量的坐标：我得到了什么？我失去了什么？我得不到什么？这个世界让我满意了吗？我是不是会感到失望？我会不会感到孤单与失落？矛盾的是，资源是有限的，有人获得，就有人不能获得，如果永远都以满足自我为目标，发生利益冲突的时候，你还能真心地爱别人吗？遭遇挫折甚至磨难的时候，你愤愤不平，充满烦恼，这是真心地爱自己吗？如果以这种方式去爱，你就不可能真心地爱别人。比如说，有人称赞你、对你微笑的时候，你肯定能用友好的态度来回应他，但是假如他当众驳斥了你的观点、对你的工作成果不以为然，甚至对你进行侮辱，你又将如何呢？你还爱他吗？——当然，我说的爱，更多的是一种大爱，而不是男女之间的情爱。

所以说，假如我们不能以接受"获得"的心态来面对"失去"，就难免会纠缠于恐惧、失落、孤单等负面情绪，陷入虚幻的痛苦当中。有的人走不出痛苦的阴影，就会自杀，或者以暴力的手段对世界进行抗议和报复。可是，无论出于什么原因，施暴者最终总会品尝他亲手种下的恶果，等待他们的，仍然会是无穷无尽的痛苦。这种痛苦是外部世界强加在我们身上的吗？不是的，外部世界发生的种种事情都是由多种条件组合产生的结果，它们本身并不是固定不变的，因此也不存在什么固定的属性，包括我们对人和事物的看法及感受。

世上一切和各种显现，都是先作用于我们的心，再由我们的心显现出来的，我称之为"万有心性显"。也就是说，眼、耳、鼻、舌、身、意感受色、身、香、味、触、法，然后生成眼识、耳识、鼻识、舌识、身识、意识，这六种信息组成了我们对世界的所有感知与判断。换句话说，我们对世界的认知，是由所见、所闻、所嗅、所尝、所触、所想组成的。其中，眼耳鼻舌身意被称为"根"，因为它们像植物的根部一样，能"生"出东西，不过它们"生"出来的东西是肉眼不可见的，是一种信息，这种信息被称为"识"，根据其对应的"根"的不同，又被分为眼识、耳识、鼻识、舌识、身识、意识六类。"根"所感受、思维的对象，叫作"境"，它会刺激我们的心灵，使我们产生欲望，染污我们的本初清净，所以它又叫"尘"。它涵括了外部世界的一切人事物与所有现象，被分为色声香味触法，分别由眼耳鼻舌身意所感知。

可见，我们对世界的所有看法与感受，实际上都是妄心。那妄心，就是你的六根、六识和外部世界合而为一所产生的结果。比如，你的眼睛看到了一个女孩子，觉得她很漂亮，就生起了妄心，想让她做你的女朋友，这就是眼根、眼识和外尘发生作用的结果。心的不同决定了识的内容，而且外尘本身也是善变的，所以这个结果也在不断变化。以是缘故，我常说"心变则世界变"。

我举个简单的例子：当一个男子执著于世俗情感时，可能会对一个女孩一见倾心，然后放下梦想，放下一切去追求她；如果有一天，他的心变成琼波浪觉——伟大的上师与文化大师，也是我的小说《无死的金刚心》中的主人公，他放下了一切去追求真理，后来把自己找到的真理与教法都带回了雪域，他在佛学文化传播史上起到了不容忽视的作用，他就会觉得女子的美丽远远没有他的大愿、他人生的方向更加重要，这时他就会放下对女子的牵挂与执著，继续自己对梦想的追求。

　　如果你明白了这一点，心上的包袱就自然会慢慢减少，因为你会发现，就连那些所谓的包袱，也是虚幻的，它们能折腾你，完全是因为你把它们看得非常实在。当你明白自己的执著与执著之物都是善变的，都不会永恒的时候，你的心自然会放松下来，再放松一点，最后像躺在暖阳下的青草地上般的舒适与惬意，你就不会觉得自己活得很累，也能任运坦然地面对这个世界，以及你经历的很多事情。这时，你才真正是坚不可摧的。

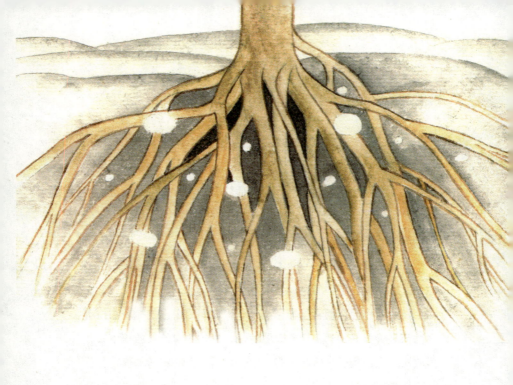

世界是心的倒影

真正无懈可击的智慧，是内心的清明与警醒；真正的"明空"是空中有明，明中有空，觉性不离空性，是守住真心的同时，保持一种明明朗朗的觉知。无论你丢掉了空，还是丢掉了明，都不对。丢掉空的明，会妄念纷飞；丢掉明的空，会像石头一样陷入死寂。

虽然我在前面不断强调世界如梦幻泡影，不可执著，你要放松了心，品尝那份宁静，但是你也要明白，这种对宁静的品味仍然不是一味地陷入，必须要时刻保有一种灵动的觉性之光。我称之为"空中有明分"。其中，"空"是了知无常，"明"是觉悟、觉醒的意思。这句话正好解释了很多人对"空性"的疑问。

很多人以为佛家文化很消极，因为他们把佛家所强调的"空性"当成了"空无一物"的"空"，但真正的"空"并非如此。佛家在强调无常的同时，也强调了了一种觉性智慧，我称之为"灵明的觉知"。

就是说，佛家并不认为人应该不思善、不思恶，像动物冬眠一样活着，而是要坦然接受无常这一真理，又不能陷入一种不再思考，不愿自主，不再有所作为，任由命运摆布的误区。我在各种讲座、演讲、访谈中，都提到过"命由心造，大善铸心"这一文化主张，其原因就在于，佛学的核心智慧给了我们一种自主心灵、创造命运的清醒与力量。

佛家认为，了知无常，有助于让我们不再纠缠于"不能拥有"与"不再拥有"的失落之苦，但是我们仍然会善待且品味当下拥有之物，因为我们承认一种"妙有"，即并不永恒的存在；了知无常，有助于让我们安住于一种清明且自在的状态之中，以一种轻松、宁静、快乐的心态面对且感知世界上的一切。这个"感知"，就代表了我们承认有被感知的对象，承认这个对象便是承认妙有的存在。

那么，为什么我们更多的是在强调"空"呢？因为，过分强调明的时候，很多人就会把"妙有"当成"实有"，而丢掉了空，忘记了无常，以为我们所感知的对象不但当下存在，还将一直存在。这种错误的见解必然会引起无穷的烦恼与执著。因为，它会让你离开明空之境，仅仅是以一种逻辑与思维面对世界。虽然我并不否定思维与逻辑的作用，但是一定要明白，它们并非真正的智慧。有时候，你的逻辑与你明白的道理会跟情绪及偏见不断打仗，这样你反而会离宁静与安详越来越远。因为逻辑、思维、道理等等东西，本质上就是妄念。你用一种妄念去压抑另一种妄念，即便能够得到短暂的安宁，不至于继续钻牛角尖，也会像强行将皮球按到水里一样，你一松手，它就会弹得更高。所以，思辨是将人引向道理的一种方法，但道理本身并不是真正的智慧，也不是让你能坦然安住的原因。真正无懈可击的智慧，是内心的清明与警醒；真正的"明空"是空中有明，明中有空，觉性不离空性，是守住真心的同时，保持一种明明朗朗的觉知。

无论你丢掉了空，还是丢掉了明，都不对。丢掉空的明，会妄念纷飞；丢掉明的空，会像石头一样陷入死寂。有的人贪恋空的觉受，放松警惕，丢掉觉性，就会像个梦游人那样，无法敏锐地感知世界上的一切，无法对世界上的一切做出灵敏的反应，更无法以智慧抵御生活中的许多挑战与打击。一旦外境的刺激来临，比如你的生命中出现了一个非常动人但你却求之不得的女人，或者你的事业受到了前所未有的威胁，你的空就会赫然倒塌。在你想起很多道理之前，痛苦已像决堤的洪水一样，袭击了你的心灵，除非你能及时醒悟过来，重新回到真心状态，否则你仍然会像每一个不曾觉悟的人一样，流连于一些外境的刺激所带来的虚幻感觉，纠缠于失落、失望等痛苦假象当中，不可自拔。你甚至可能在欲望的支配下，做出一些与善的原则相冲突的事情。佛家所说的轮回，就是由此而生的。所以说，单纯的空，或者单纯的明，都会让你的心出现问题，一定要注意这一点。

不过，虽然我不断强调许多词汇的含义，但实际上，我并不希望大家纠结在某些字眼上面。我希望你们能借由对词义的揣摩、反思，来触摸自己的心灵，认知自己的真心。词汇，仅仅是路标，你应该沿着路标的指引走向觉悟，而不只是记住路标的样子。《金刚经》中就反复强调不要著相，相仅仅是一种向你传达某种信息的手段、工具与途径，而绝非目的。那么，什么是"相"？"相"就是经典上的诸多文字，禅宗公案里的许多故事，我开讲座时说过的许多话，世界上纷纷扰扰的许多事情，等等。这些都是相，也就是显现、外现。一切显现的具体内容都不是最重要的，最重要的是它们能不能带给你一些触动，能不能让你反思，能不能点亮你内心的灵光？所以，在读任何智慧之书时，都千万不要以"翻译"为目的，要用心去体悟其中的奥义，尝试融入隐藏在文字后面的那片智慧大海。这样，你才不会因为重复出现、但具体含义未必相同的字眼，或者一些看起来似乎矛盾的混乱逻辑而感到迷惑，也不会被世界上错综复杂、生生灭灭的现象弄得晕头转向。

当你明白了生命的易失和你想建立的不朽价值之间的落差，进而积极设计自己的人生，珍惜生命的每一分每一秒时，就不会虚度人生，不会认假成真，不会执幻为实。这样一来，你才能活出生命真正的尊严与价值，为世界带来一些真正美好且有益的东西。

当你认假成真，不知道包括身体在内的好多东西都是虚幻无常时，就会生起许多欲望与执著，然后把生命和金钱都浪费在一些毫无意义的事情上面，甚至为了更好地享受，去做一些损人利己的事情。所以，才会有那么多珍稀动物变成人类的美味佳肴，才会有那么多猴子被揭开脑盖、淋上滚油，才会有那么多动物被活生生地剥皮，甚至连婴儿都变成了大补的汤料……当你明白了缘起性空之理，并用它来指导你的行为，就不会去执著一些身体的享受，不会为了保养那终究会毁灭的肉体，而去造无穷的杀业。

当你发现世间万物都会腐坏，并非永恒不变的时候，你的内心会产生一种强烈的恐惧感。你会觉得活着没有意义，一切都没有意义，因为最终一切都会消失。这种恐惧，很像灾难片给人们留下的阴影，它促使我们直面死亡，反思生命，反思人生。不过，既然我们都知道人总是会死的，为什么还有那么多人害怕世界末日的降临呢？这大抵是因为人们从来没有真正意识到生命的短暂吧。

举个例子，我们知道抽烟有害健康，知道日夜颠倒有害健康，知道经常吃垃圾食品有害健康，我们还知道许许多多对健康无益的习惯，但我们总是没办法戒掉诸如此类的所有恶习。为什么呢？因为我们始终觉得死亡是一个遥远的话题。对我们来说，死亡像是一只站在河对岸的恶犬，我们不害怕它，仅仅因为我们知道它过不来。但事实上死亡并不像那只对岸的恶犬，因为它随时都会降临。

有个年轻的朋友曾经跟我描述过他的一个朋友的突然死亡。三年前，他接到朋友的电话，对方问他去不去踢球，还说自己已在球场上，谁知道半个小时之后他却接到了对方的死讯。他说自己当时就被惊呆了，因为他万万想不到死党竟莫名其妙地死了：他还那么年轻，怎么就死了？他的家人怎么办？他曾经由衷地快乐过吗？他活出了自己的价值吗？

当你意识到无常如影随形，死亡也随时都会降临的时候，你或许不会立刻开悟，也无法安住于法性当中，你的内心也许会被一种巨大的恐惧所填满，你害怕那因缘的离散，害怕世上一切都会失去存在的意义，你百思不得其解：既然终究会凋谢，花朵为何还要盛开；既然终究会死亡，人为何还要活得精彩……

欲界也罢，色界也罢，无色界也罢，任何世界都会成、住、坏、空，任何世界都会腐朽坏灭，任何世界都像水泡一样，任何世界都似镜中花、水中月。

恍然大悟的你，开始惶惶不可终日，你发觉这世界上没有任何可以依靠的东西，金钱、利益、名誉、社会地位、楼房、爱人、亲人、朋友……都会像阳光下的露珠一样消逝，唯一与你常在的，仅仅是一颗尚未觉悟的心，一个惶恐而弱小的灵魂。这时你的心里生起了强烈的恐惧，恐惧之余，也开始直面自己的心灵，因为你想找到一种最不会让自己后悔的活法。这很像一个人知道自己患上绝症时的心情。他会发现好多东西都不属于自己，以往那种追名逐利的活法，原来没有哪怕一点意义。他想知道自己应该怎样活下去。

开始反思的你，便不可能再愚昧地活下去了，因为这种反思会改变你的整个生命态度，影响你所有的选择。许多因而改变了命运的人，将这时的叩问与警醒称为"重生"，浴火重生。

然后，你就用这种警觉观察危境。危境，危险之境。什么是危险之境？世界上所有幻化不实的东西，都是危险之境，都如危墙般随时会崩塌腐坏。

眼睛看到的色，是危险之境；耳朵听到的声音，是危险之境；鼻子闻到的香味，是危险之境；舌头尝到的美味，也是同理；触觉更是这样，谈恋爱的时候，拥抱接吻，觉得美妙无比，但离开的刹那，所有的触觉也就全都消失了；自己的名字也是无常的，就算这时候全世界都知道了你的名字，可是这一茬人死后，你的名字就会跟着他们被埋进土里，再者，地球毁灭的时候，你的名字又在哪里；利，更是无常的。

正是因为对死亡的体悟，我十岁就开始追索活着的意义，直到现在，我的枕边仍然放着一个死人头骨，它是我生命中的警枕。也是因为对死亡的警觉，我一直非常珍惜生命中的每一分每一秒，时时刻刻生活在一种清明与觉醒当中，虽随缘任运，但从不随波逐流。我知道，人活着，不是为了走向死亡，不是为了什么享受，而是为了在活的过程中实现一种价值。什么价值？这个世界上有你比没你好，这就是你的价值。所以说，我的写作从不哗众取宠，我也从不为销量与名气，改变自己写作的方式和内容，我只想把生命时光用于写一些有意义的好书，让人们在看书时能明白一些道理，这是我实现自身价值、在虚幻中建立不朽的方式。不过，这个"不朽"同样是相对的，并不是永恒的。还是我前面说过的那句话，等有一天地球都毁灭时，书也就没有了，也许连人类都没了。那时，更是一个巨大的危境。

当你明白了生命的易失和你想建立的不朽价值之间的落差，进而积极设计自己的人生，珍惜生命的每一分每一秒时，就不会虚度人生，不会认假成真，不会执幻为实。这样一来，你才能活出生命真正的尊严与价值，为世界带来一些真正美好且有益的东西。

欲界也罢，色界也罢，

无色界也罢，任何世界都

会成、住、坏、空，任何

世界都会腐朽坏灭，任何

世界都像水泡一样，任何

世界都似镜中花、水中月。

世 界 是 心 的 倒 影

附　录

Appendix

聆听智慧的声音

真正的孤独是一种境界

当你已成为一朵莲花，俯视这个池塘时，你发现池塘里有很多莲子，它们都可能成为莲花。但因为某种原因，它们陷在淤泥中，不能发芽。这时，那朵莲花可能会孤独。它希望所有的莲子都能从污泥中超越出来。当它不能实现这种愿望的时候，孤独随之产生。

真正的灵性是什么呢？灵性就是自由。自由是超越"主义"的，它超越任何人类的概念、限制以及诸多的标准。它是超越。那超越又是什么呢？超越也是自由。什么是自由呢？自由就是超越了整个人类概念，超越了像西装一样的束缚、像领带一样的捆绑之后，得到的一种自由，这就叫灵性。现在的文学中，已经很难看到超越的东西了。为什么？因为这个时代，各种东西对作家这个主体有了一种挤压。

在 2004 年的时候，我到罗马尼亚去参加国际文学节，文学节的主题是"地球村里的孤独"。

在场的有150多位作家，他们来自20多个国家，所有的人都在谈孤独。但他们谈的孤独，仅仅是当代媒体对作家的挤压，说作家已经不能像过去那样"一呼百应"了，已经不能像过去那样"高高在上"了，地位已没有过去那样显赫了，没有了惊天动地的名声、也不再有过去的辉煌了。所以，作家们感到很孤独。这种"孤独"充满着整个文学界。

后来，国际广播电台采访我的时候，我说作家们把孤独谈小了，他们谈的不是孤独，而是一种堕落的情绪。我告诉他，雪漠也是孤独的。但我的孤独是什么呢？就是我想建立一种永恒和不朽，然而，这个世界上却没有永恒。我们找不到永恒，我们没有任何办法留住存在，我们无法建立岁月毁不掉的东西。但是，我却偏偏想建立这样一种东西。这中间，就构成了巨大的反差，这就是我的孤独。我解决不了这个问题，许多作家解决不了这个问题，许多伟大的哲学家解决不了这个问题。所以，他们孤独，他们痛苦。他们觉得这个世界飞快地向我们不知道的地方消失而去，我们没有办法留住它，没有办法留住哪怕一丁点儿我们愿意留住的永恒。正是这样一个无法解决的问题，造成了我的孤独。

所以，我很长时间没有办法写作，因为我找不到写作的意义。虽然我觉得这个世界可能会让我的作品永恒，但我知道这个世界都不知道能存在到什么时候。因为，人类制造了那么多可以毁灭这个地球无数次的核武器、原子弹；因为，这个地球上许许多多的人还在疯狂地掠夺地球的资源，破坏着我们的家园。一天，一个朋友告诉我，威尼斯的水平面上升了，那个美丽的城市也许在不久之后就会成为水下城市。这个世界飞快地消失到我们不知道的所在，而我却想建立永恒。这种孤独是人类没有办法解决的问题，所以，我们孤独。

我的孤独，不是自己挣不了很多钱、得不到利益、得不到名声，也不是电视、网络对纸媒体的挤压，不是这个。这种东西构不成孤独，孤独是发自内心的东西，跟世界没有关系。当一个作家非常在乎世界对他的看法时，他已经堕落了。他想得到美貌的女孩子，得不到的时候，他可能痛苦；他想拥有很多金钱，他想成为比尔·盖茨，不能如愿时，他就可能失落。像他们的这种失落情绪不是孤独。

孤独是一种境界，是一种很高的境界。耶稣想爱人类，他想博爱，但这个世界却不愿意让他那样，并要把他钉死在十字架上，所以他是孤独的。他会说，神呀，原谅他们吧，他们不知道自己在做什么——这就是孤独；当在菩提树下觉悟的释迦牟尼，看到这个世界上许许多多的人被一种虚幻的、正在消失的假象所迷惑，心中充满了贪婪、仇恨和愚昧，而他又不能马上让这些人解除痛苦的时候，他是孤独的。当孔子向整个世界宣扬他的"仁爱"，但不得不像丧家狗一样在各国上流窜的时候，他是孤独的。所以，真正的孤独是一种境界。达不到这种境界的人，只能叫失落，不叫孤独。

当你已成为一朵莲花，俯视这个池塘时，你发现池塘里有很多莲子，它们都可能成为莲花。但因为某种原因，它们陷在淤泥中，不能发芽。这时，那朵莲花可能会孤独。它希望所有的莲子都能从污泥中超越出来。当它不能实现这种愿望的时候，孤独随之产生。孤独就是这样一种东西。真正的孤独，是超越了自己的生存环境之后，才可能产生的。

我一直在寻找超越。后来，我发现，心灵瑜伽认为的超越与自由和西方人所说的超越与自由不太一样。为什么不太一样呢？

德国哲学家马丁·布伯写过一部书，叫《我和你》。他认为人类实现不朽有两种可能：第一种是消解自我。当整个博大的宇宙和大自然，消解自己的贪婪、愚昧、仇恨时，自由可能产生；另外一种是当自己的心灵包容整个宇宙和自然界的时候，当自己的心像宇宙一样博大、丰富，像大自然一样宽容、无所不包的时候，也可能实现自由。

心灵瑜伽追求的自由是后一种。它面对的是自己的心灵，它以战胜自己的欲望来赢得世界，而不是靠掠夺世界和侵略世界，或者把自己认为的某种真理强加给这个世界，去实现某种所谓的自由。不是这样的。

心灵瑜伽永远是以塑造自己的灵魂为主。这个灵魂的"灵"字就是"灵性"，文学真正追求的也正是这个东西。

灵性和灵魂跟物质的关系不大，当人类基本的生存条件满足之后，幸福、自由、解脱都取决于自己的心灵。

在我们看来，西方人的生活已经很好了。他们的肚子里有很好的食物，身上有很好的衣服，还有那么美的环境，很奇怪，却有很多人感到痛苦，好多人还会患上抑郁症，自杀，甚至去杀别人。我们很难理解这种痛苦来自何处。

我的家乡是歌的海洋，那儿有很多歌。每一首歌都像大海的浪花一样。谁也不知道歌的曲目究竟有多少。我们吃着小米粥、馒头、玉米这类东西，觉得很快乐。为什么？因为大自然给了我们很多东西，能够让我们生存，我们当然很快乐。这时候，除了享受快乐和明白之外，我们不会去掠夺别人的东西。当我们用一杯水能维持生命的时候，就绝不去掠夺别的大海；当我们有一个苹果吃的时候，就会把香蕉和其他水果让给别人去吃，留给子孙去吃。我们觉得没有必要把它全部掠夺过来，放在自己家里。

所以，心灵瑜伽行者的自由，以消除自己内心的贪婪、愚昧和仇恨来实现。他可以不去管这个世界怎么样，他活得照样很快乐。中国文学的本真和灵性也在这儿。

出世不是什么都不做，而是实现超越后再做事。就是你的行为要超越你那个小小的"心"的局限，你不能把做事这个概念仅仅用于跟你有关系的人，不要有什么条件。就是要"以出世之心做入世之事"。出世并不意味着你不要去入世做事，而是要你不要陷入这个世界的欲望和烦恼之中，仍然要做事。

　　所谓的出世不是什么都不做，而是实现超越后再做事。就是你的行为要超越你那个小小的"心"的局限，你不能把做事这个概念仅仅用于跟你有关系的人，不要有什么条件。就是要"以出世之心做入世之事"。出世并不意味着你不要去入世做事，而是要你不要陷入这个世界的欲望和烦恼之中，仍然要做事。

　　换句话说，比尔·盖茨那么赚钱，但他又超越了金钱，他在对金钱的态度上实现了常人不能理解的一种超越，金钱已经不能束缚他的心灵和行为。他的这种行为以入世来体现他的境界。所以，出世不是躲避这个世界，入世不是陷入这个世界。入世是一个池塘，要从这个巨大的池塘中汲取营养；出世就是在这个池塘当中长出一朵莲花。出世的意思不是说把这个莲花拔了，然后拿着这个虚幻的招牌招摇过市，骗取世界人民的喝彩。因为当这朵花没有那个池塘的时候，很快就会枯萎，除非它是一朵假花，是一个欺世盗名者。这个出世的真花，需要入世的泥塘来滋养，每个人必须把自己的生命投入到池塘中，长出自己心灵的真花，但是我们不要变成污泥中的蝌蚪、黄鳝、蚯蚓等等，要超越出来变成莲花。

当所有人都在追逐一些金钱、名利、物质的东西时，你却能够对它们淡淡一笑，能够微笑着拒绝它们，不让自己的心灵受到所有诱惑的控制与束缚。这就是超越。当你实现超越之后就会发现，这世上什么东西，都比不上一颗真正自主、真正自由的心。我们真正应该追求的东西，正是这颗心，而不是那些会轻易被时光摧毁的，诸如好多楼房啊、小车啊、金钱啊之类的东西。

我告诉大家，西部的孩子需要大家的帮助吗？需要，但是他们心中不需要。什么意思？很多人说雪漠小时候忍受了苦难，但是我根本没有什么苦难。西部的孩子比上海的孩子活得快乐。上海的孩子多么痛苦，你看那些孩子周末都在上课，他们背负着父辈压给他们的负担。一个父亲没有当官的可能性，就对孩子说，儿子呀，你将来要当个大官；父亲自己不可能成为比尔·盖茨的时候，就对孩子说，儿子呀，将来你要当一个金融家。这些孩子小小的肩上承载着多少重担？于是，当他们失落的时候，就算得到博士学位也可能从楼上跳下，因为他们再也不能承受这种东西了。

我的儿子叫陈亦新，他没有上大学。他在小学的时候说我不想做家庭作业，想自己读书，说那些家庭作业浪费了太多的生命。我说好，我就给他的老师打电话，叫他别给我的儿子布置家庭作业。他在上初中的时候，说学校作业那么多，我没有时间做，我要读书。我说好，那就不要做了，我就给学校打电话，说不要让我的儿子做学校作业。儿子上高中的时候，学校要求上晚自习到很晚，我儿子说："爸爸，我上自习的时候，觉得身边的同学怎么那么愚蠢？在这个群体当中，我只会越来越愚蠢。我想自己读书。"我说好的，然后我就跟学校商量，不让我的儿子上晚自习。再后来，到了他该上大学的时候了，他说爸爸我要当作家，我不想上大学。我说好，那就不要上了，你就当作家好了。儿子在上初中时，我发现了他写给一个女孩子的情书："亲爱的，我将来要带你去日本的富士山看樱花。"我说好儿子，居然有如此的雄心壮志，不但能把自己的肚子填饱，能养活自己的老婆，并且还要带她去日本看樱花，就要这样，怕就怕你将来连自己的肚子也填不饱，那可就麻烦了。他说，一定能填饱的。他说的没错。直到今天，我带着儿子去了很多地方，所有的朋友都告诉我，你的儿子非常健康，非常优秀。他可以给很多大学生上课。早些时候，他在西部办了一个文学院，有很多孩子跟着他学习写作，要是他一直开下去的话，可以赚好多钱。但后来他不愿意再开下去了，他说想把生命用在能够发挥更大价值的地方，他想要写作。我说好，我告诉他，当你不想当官的时候就不要当官，你做你自己喜欢的事情。只要你有高尚的人格，只要你能给这个世界带来真善美，你做什么你的爸爸都支持你。换句话说，只要一个人有一颗向上的心，无论他飞向哪片天空，都值得我们赞美。

在这一点上，上海的孩子没有西部的孩子幸福。所以，要是有人问，西部的孩子需要关怀吗？那些孩子们当然不知道。他们不知道外部世界还要关怀他们，因为他们很快乐。看到星星的时候，看到鸟语花香的时候，他们很快乐。我骑着骏马飞驰的时候，很多人用羡慕的目光看着我，我是那么幸福。后来有人说雪漠你童年经历了那么多的痛苦，我说没有痛苦，我没有觉得苦难，所有的苦难都是你们告诉我的。西部人的所有苦难，大多是东部人告诉西部人的，说你们很苦。事实上，我们很快乐。所以，当你们关注他们，想用非常好的善心改变他们的时候，我们赞美你们，但这种帮助是两个世界的对话，是两个"国家"在"和平共处五项原则"下的对话。不要侵略他，不要歧视他，要赞美他的活着，理解他的活着。西部从东部文化中汲取营养，东部从西部文化中汲取更博大、更光明的营养，两种文化结合起来的时候，这个世界就更美了，我觉得就是这样。

出世的真花，需要入
世的泥塘来滋养，每个人
必须把自己的生命投入到
池塘中，长出自己心灵的
真花。

做好当下，是最好的终极关怀

你只要在能够把握的这个当下，做一些对身边的人有用的事，做一些对世界有用的事，做一些能为人类带来好处的事，能够让世界因为你的存在，把人类存在的时间延长一点，这就是真正的终极关怀。再有就是，你能不能为这个世界留下一点毁不掉的东西？能够做到这一点也是终极关怀。

除了出世间的真理之外，世界上没有永恒，世界上不可能有永恒。所以，所谓的终极关怀就是，过去的已消失了，未来的也终将消失，我们能抓住的东西，永远只是当下。你只要在能够把握的这个当下，做一些对身边的人有用的事，做一些对世界有用的事，做一些能为人类带来好处的事，能够让世界因为你的存在，把人类存在的时间延长一点，这就是真正的终极关怀。再有就是，你能不能为这个世界留下一点毁不掉的东西？能够做到这一点也是终极关怀。

因为，眼前的一切都在变化着、消失着。既

然明知一切都不能永恒，那么我们能不能在这不可抗拒的洪流中，建立一种相对不朽、相对永恒的东西呢？对这一点的思考，最终让一些人找到了活着的意义。有人问雪漠你是什么人，我说我是大痴人。他问你为什么这样说？我说我明知不可为而为之。因为，我想在虚无之中实现一种存在，我想在无常之中建立一种永恒，我想在虚幻之中实现一种不朽，我想在混混堆里培养一些大师。我明知不可为，却偏偏要这样做。人类的高贵也正是这一点。人类是很难改变自身命运的，因为宇宙也有寿命。当我们能够改变自己的心灵和态度的时候，就是最好的终极关怀。

汉川大地震的时候，一个朋友说，我们国家有那么多的人民显示出巨大的关爱。我告诉他，我们的慈悲心和同情心，不一定非要借助一场巨大的灾难来唤醒，不一定要以许多个生命为代价来激活。我们完全可以在当下就去关爱亲人，关爱朋友，关爱身边的每一个人，或是关爱环境，与大自然和谐相处。如果非要出现灾难，才能激活你的同情心的话，我们宁愿不要这种同情心，也不要灾难。但这是一个悖论，当世界没有同情、悲悯和爱的时候，就会出现各种灾难。比如，人类无休止地破坏环境，制造出各种屠杀同类的武器，无节制地开采自然资源等等，都可能引发无数的灾难。现在的地球已经是千疮百孔，伤痕累累。我们应该清楚地知道，我们的同情心，不是非要借助于一场地震，借助于无数人悲伤哀痛的面孔，借助充满着尸体和废墟的灾区，才会被引发。

事实上，每一个人心中都有一颗好种子，我们的祖宗将它称之为良心。每个人都有良心。当灾难发生的时候，每一个人都发现了自己的良心。事实上，人类同属于这个地球，经受灾难的人与我们都有活着的权利。那么，我们能不能不要再制造引发灾难的"因"？能不能熄灭心中的欲望之火，远离贪婪仇恨，不再污染世界、污染人类，不再无止境地剥夺资源，不再制造精神与物质垃圾，让心变得慈爱一些？

所以，应该让每一个拥有影响力的媒体，让每一个拥有话语权的人——我们称之为名人和学者，让每一个推广文化的团体，渐渐把良知和慈爱的理念传播开来。让被灾难激活的同情心，变成我们大家的生活习惯，变成我们的日常行为，像呼吸一样时刻不离开我们的生命。

我们不仅要与在灾难中活下来的人们重建生活家园，更要重建心灵家园，善待每一个身边的人。当他们需要帮助的时候，我们就伸出援助之手；当他们烦恼的时候，我们给他们微笑，给他们力所能及的关爱，给他一份既能让他清凉，也能让我们得到升华的一种帮助。

但这种传播，这种帮助，同样应该随缘，同样应该是两个"国家"之间，基于"和平共处五项原则"之上的对话。有一次访谈中，有人问我，既然佛家的智慧对人类很有益处，为什么佛家不通过建立政权来实践自己的真理呢？我告诉他，虽然历史上也有许多统治者信佛，用世俗权力来推广佛教，如印度的阿育王，但佛家讲究随缘，并且尊重所有的思想。

要是佛家通过强权来实践自己的理想，就和别人的专制没啥两样了。文化专制、思想专制、精神专制都是专制，任何专制都是人类的大敌。所以，佛家从来都尊重别国的文化，从来不搞十字军东征之类的东西，从来不以流血的方式来传播自己的教义。人类根据其根器的不同，需要不同的文化营养，不同的人有不同的活法，不同的人有不同的思想，你愿意怎样活，佛家都尊重你。佛家的智慧就像太阳一样，它不会去分别哪个是毒草，哪个是香花，无论哪种生物，它都会施以相同的温暖和光明。至于你能吸纳多少，那要依你的根器和悟性而定。佛家更多的时候是一种智慧的观照，而不是一种粗暴的侵略，而且它很讲究因缘。有统治者的支持固然好，没有他们的支持也没啥大不了的。如果为了传教而向往强权，推广强暴，那是另外一种贪婪，是另外一种罪恶。佛家并不认为自己的教义可以取代其他的教义，人类心灵的疾病不一样，所以，有多少种疾病，就需要有多少种药。

佛家的智慧认为，不管一个人信不信佛，他都是我的母亲，苍蝇也是我的母亲。在无边无际的时间长河中，所有生物都可能在某次生命的轮回中做过我的母亲。佛家的胸怀是一种更博大的东西。

以这本书为例，如果看了这本书，你能有所感悟，生活的比昨天好一点，进而在某一天把你的感悟告诉别人，或者以文字的方式叫别人看到，那人也许会因此远离一份执著，远离一点愚昧，多了一点慈悲。这就是我写作的目的。但我绝不会跑到街上去，随便看见谁都跟别人讲这些话，假如我那么做的话，别人一定会把我当成疯子。我讲究随缘。

世上有多种贪婪，以执著之心、不顾因缘地执著一种学说，也是一种贪婪，也是一种烦恼。

生命真正的尊严，在于一个人有真正的向往。向往什么呢？向往一种比自己更加伟大、比自己更加高尚的存在。当一个人对某种精神保持敬畏时，才可能向往它。最高的敬畏，不是一种奴性的心态，而正是一种向往，是一种智慧境界的体现。

许多朋友都把信仰看成是独立于生活存在的一种东西，实际上这是错误的。我说过，脱离了水塘的莲花，除非它是假花，要不就定会凋谢。所有的信仰，所有的出世之心，只有在有了入世行为的时候，才有意义。

有一个年轻人对我说，他想要生活得好一点，所以不得不接受许多世俗的东西，没法再去做志愿者等高尚的事情，否则连生存可能都很难。我对他说，当你觉得某种东西世俗或者不世俗的时候，实际上是你自己的分别心在作怪。你别去管啥是世俗的，啥又是不世俗的，你只要管自己的心是不是善。我举个例子，当一个乞丐朝你伸手时，你是否能用一种对待上司和父母的态度去对待他？不要将日常生活视为一种世俗，将做志愿者视为高雅，要始终以平常心待人。你心中只要保持了一种善念，就成了。即使你在做律师，别人来找你打官司，这本是一种世俗的交易，但是你用一种善心来待他、帮助他，使他比遇到你以前更懂得善待别人的时候，这种世俗的交易也就远远超越了世俗。我也很世俗。在我的家乡，有些人谈到我的时候会说："雪漠这家伙，特别能挣稿费！"我并不是总给人以很神圣的感觉。只是我做到了有钱没钱都很快乐。我绝不会用我的生命、自由和尊严去换钱。当你也能做到这一点的时候，就自然不会被这个世界左右了。

好多人觉得，在这个市场环境非常恶劣、竞争非常激烈的时代，要想有钱，就要付出道德的代价，要是品德高尚，就可能受穷，最终还可能被利欲熏心的人所消灭。但是我告诉你，人类的欲望是无止境的，现在好多所谓的发展，实际上是在试图满足人类这种无止境的欲望，所以个人的发展也罢，社会经济的发展也罢，带给人类的，却是烦恼。比如，现代科学越发达，可能人类毁灭得越快，因为它会消耗大量的能源，消耗大量能源的时候，人类就会建核电站，就会觊觎别国的丰富资源，进而发展核武器，这个世界就多了许多纷争和战乱，一旦核这种能量失去控制，它就会给整个人类带来巨大的灾难。贪婪的人眼里，总有自己没拥有的东西，总想去拥有那些自己得不到的东西，这种"求"的心态，会让他永远都无法活得轻松与快乐。相反，知足常乐。好多西部人，即使住在山上，吃得很少，穿得很朴素，幸福感也一点都不比待在大城市弱。因为，在满足了基本的生存条件之后，人的幸福和物质条件没有关系，它只跟人的心灵状态有关系。你的心态是不是平和，你的心灵是不是安宁，这决定了你生活的质量，不是别的。

快乐是这样，尊严也是这样。有人觉得，被人骂了两句，自己就失去了尊严。实际上，能被人伤害的不是尊严，而是一种脸面，一种虚荣。真正的自尊，是内心的坚守，是实现了心灵自主之后的一份坦然。这种东西，不是人家骂两句、打两下就能夺走的。所以，不要认为没钱就不能快乐，没钱就没有尊严。只要你有一颗向善的心，忘记自己的好多得失，自然就会活得快乐，也自然能够活得有尊严。这时你所实现的，才是一种生命真正的尊严。好多大树，它们在狂风中晃动了身躯，但根部仍然牢牢地咬住泥土，风住之后，它们就会像往常一样，坦然、安住，好像啥都没有发生过一样。人也该如此。除了生命真正的尊严，生命真正的价值，其他的好多东西，比如虚荣，毁誉等等，都不过是一些记忆，是转瞬即逝的东西，好也罢，坏也罢，你想留也留不住，所以根本没有任何真正的意义。

生命真正的尊严，在于一个人有真正的向往。向往什么呢？向往一种比自己更加伟大、比自己更加高尚的存在。当一个人对某种精神保持敬畏时，才可能向往它。最高的敬畏，不是一种奴性的心态，而正是一种向往，是一种智慧境界的体现。久而久之，你就会生起一种我们称之为"佛慢"的东西，你会坚信自己就是佛，我与本尊无二无别，坚信只要坚持修行，就能拥有佛那样伟大的人格。当你真正具备了佛那样的人格时，你就跟释迦牟尼一样伟大。如果你不具备那样的一种精神时，就必须对它保持敬畏和向往。你不能把佛当成朋友，因为你不会用所有的生命与灵魂，去向往一个朋友的境界，你更不会放下生命中所有的东西，精进修行，只为了拥有朋友的一种精神。当你把佛当成朋友的时候，你仅仅会欣赏他，赞叹他，但你不会想要变成他，这也就无法改变你的生命状态，无法使你真正受益。

　　许多人看到佛家反复强调欲望是痛苦的根源，就以为佛家智慧只有这么一点点东西，这也是不对的。它只是一滴水，而佛家智慧则是一片汪洋大海。佛学是一种学问，更是一种精神。有的人，比如雷锋、孔繁森等等，他们不信仰佛家，但却拥有一种佛家所提倡的精神——利众的菩萨精神。佛家认为，这些人也是菩萨。因为佛家是超越名相的。《金刚经》上就说："若以色见我，以音声求我，是人行邪道，不能见如来。"名词性的东西，并不是真正的精神，看多少佛家经典，懂多少佛家的名相，也不代表你一定就拥有佛的精神。相反，只要具有利众精神，在行为上利众，就具有菩萨精神，不管他是不是形式上的佛弟子。比如，托尔斯泰把土地分给农民，把农具也分给农民，放弃版权，创立学校，其目的都是为了服务众生，都是为了利众，这时候，他就有一种典型的菩萨精神。

　　所以说，不要被好多名相束缚住，不要以分别心去对待、划分事物，不要拘泥于形式，但求一言一行利众向善，就能体现出你所敬仰的一种精神，诠释你的信仰，同样也不要计较结果。这个时候，你自然就会变得快乐，变得逍遥。

世 界 是 心 的 倒 影

我们衡量一个人的伟大，不能仅仅以群体或国家来衡量，而应以人类为参照系，看看他是不是真的为人类带来了好处。当然，还可以众生、地球、宇宙为参照系来衡量。有些学说，虽然其出发点是好的，但若是带来了残暴，让世界血流成河，给人类造成了巨大的灾难，那么，这种学说肯定不是好学说。

有朋友问我，许多政治家、哲学家的人格也很伟大，也想利众，他们是不是佛？我告诉他，许多政治家、哲学家表面看来也以利众为目的，但他们不是佛。

我们衡量一个人的伟大，不能仅仅以群体或国家来衡量，而应以人类为参照系，看看他是不是真的为人类带来了好处？当然，还可以众生、地球、宇宙为参照系来衡量。有些学说，虽然其出发点是好的，但若是带来了残暴，让世界血流成河，给人类造成了巨大的灾难，那么，这种学说肯定不是好学说。无论它的创始人是不是善人，只要没那学说比有那学说好，它就不是好学说。许多时候，一种学说带来的后果可能会是灾难性的。从历史和人类的长河中来看，无论一种学说的创始人自己的人格如何伟大，只要该学说带来的客观效果是灾难，那么，这创始人就是千古罪人。

有些文化，虽然也有善的东西，但同时，又有一些对人类有害的邪恶的东西，可能引起诸如战争、仇杀等罪恶，那么，无论谁家受益，对人类本身来说，都是灾难。佛家文化却是和平的。

至于一些哲学，客观上也助长了邪恶，比如一些人认为没有灵魂，便肆无忌惮地贪污腐败，追求现世利益；一些哲学虽然也得逞于一时，但在历史的长河中，充其量只是叫人类走了弯路。要是整个人类没有它，比有了它更好的话，它便是坏的哲学。当你穿透历史的迷雾，看到一种本质的时候，你会发现，时下被大众认可的一些评价并不一定就是正确的。

所以，有些学说，你不要看他的创始人是不是不吃肉，见了乞丐会不会心软得哭鼻子，要是他所宣扬的东西可能会对人类造成更大的不幸，他的那点儿小善，根本不足以掩盖他的大恶。

这个时代最可悲的就是，一些没有掌握真正真理的人，去宣扬自己所谓的真理。这些人被称为哲学家或思想家。如果一个鼠目寸光的近视眼，只看到眼前的一点儿光明，却认为自己掌握了宇宙间的真理，并且去拼命地宣扬这种所谓的真理，让更多的人变成近视眼，从客观上说，这就是一种罪恶。这种罪恶是非常可怕的，它像瘟疫一样传向这个世界。那么，什么东西不是罪恶呢？就是你所宣扬的东西是一种真正的真理。虽然有人说没有绝对的真理，但实际上有绝对真理，那就是要对整个人类甚至所有生物有益。如果一种观点对整个人类没有好处，无论它讲得如何堂皇，都绝对不是真理。所以，真理应该有一个基本标准：善，就是要对整个人类群体有好处，对这个地球上的所有生灵有好处，甚至对整个宇宙都有好处。

佛经上有个故事，一个人认为杀人上千就会得道，他认为这是真理，就到处杀人，并且到处宣扬这种真理。虽然他是想叫许多人得道，但是客观上来说，他的这种所谓的真理只能给别人带来灾难。无论他的初衷如何，无论他是否真诚，无论他如何付出了毕生的心血和精力，他的学说和他的存在，都是罪恶。所以，所有的暴力都是罪恶，所有的战争都是罪恶，所有对人类的屠杀都是罪恶。

现在天冷了，我的房中有好多苍蝇，我为什么不打苍蝇？因为苍蝇也是生命。在这个宇宙空间中，它和我一样有生存的权力，我们共同拥有这个空间，我没有权力去伤害它。但是也有一种理论，将它视为害虫，而将它斩尽杀绝。要是我接受了这种理论，我的行为必然要受这种理论的左右，而伤害其他的生命。

所以，你不要只看一种理论的主观愿望，而要看这种理论的客观效果，要以人类、历史，甚至宇宙为参照，来衡量其价值。

我从来不以一个国家、一个群体，或一个民族来衡量一个人或者一种观点，而是把它放到更大更远的坐标上。比如，我从来不认为曾国藩是伟人，他就是个屠夫。老百姓心明眼亮，叫他"曾剃头"。夸他的人，定然也和他一样有屠夫的基因。难道他杀了那么多人就是伟人？同样，我也不认为成吉思汗是伟人，难道杀了那么多人，灭了那么多国就是英雄吗？不是。真正的英雄就是用尽自己的心力，使每个人都能很好地活着的人。当然，洪秀全也不是英雄，一对屠夫互相比赛着杀人，很难说谁是英雄。

我知道，政治家一定不会同意我的这种说法。但是，不论人类多么强大，人类中间总该要有一些人明白这种真理。否则，这个世界上多一个我和少一个我，没啥两样。如果一个学者没有这样的思想，没有这种有益于整个人类的精神，他就不是什么知识分子，他仅仅是一个跟苍蝇一样的生物。

所以，必须跳出自己的生存环境，必须跳出自己所学的知识，必须站到人类的上空，必须站到众生包括苍蝇、老虎的上空来观照这个世界。他不仅仅属于某个群体，他甚至不仅仅属于整个人类。

也有人认为，推动历史的前进，必须依靠战争，必须依靠屠刀，但客观来看，历史到底是在进步，还是在后退呢？当然，社会经济是进步了，但人们的精神与道德却一直在倒退；生活是更加便利了，但生活质量却一直在倒退。这又意味着什么呢？

有朋友对我说，文学是无力的。它确实是非常无力的，但这眼前的无力，却是永恒的有力。比如，汉武帝很有力，可以把司马迁处以宫刑，这时候司马迁非常无力。当汉武帝的肉体消失之后，司马迁的有力就显示出来了，他的思想影响了几千年甚至更久远的未来。你说《史记》有力还是汉武帝有力？文学的软弱是暂时的，因为文学是传播光明的，这种光明不仅仅作用于当代，它还可以照耀未来，它的光芒是很有力的，它不是一种软弱的东西。

　　人类历史上出现了好多哲学家、思想家，但真正对人类做出积极贡献的并不多。好多哲学家对人类的贡献，远远不如耶稣对人类的贡献大。而有些哲学家，按他所提供的思路，人类必然会走向专制，会诞生许多罪恶的东西。但耶稣的出现，使人们明白了博爱；康德的出现，使人类学会了更尊重人本身。所以，哲学有好哲学，也有坏哲学；既有善哲学，也有恶哲学，并不是所有的哲学都有益于人类。有些产生邪恶和暴力的哲学，确实是人类的洪水猛兽。

现在的问题是，海量的信息充斥着人们的心灵，而控制信息的媒体，又不去宣扬一种善的精神，引导一种善的取向，而是毫无原则地迎合着社会需要，放大着欲望的噪音，许多善的声音刚刚传出，就马上被浮躁的声音所淹没。我将这种道德沦丧的媒体人，称为"混混媒体人"。

有哲学家说西方哲学死了，神学死了。其实，信仰危机所造成的精神危机，就是神学死了造成的恶果。现在，神学又开始复活了，一种信仰的、精神的东西正在复苏。因为人们发现，随着物质需要的不断满足，人们又开始追求一种精神的东西。当一个民族非常贫穷时，肉体的需要是第一位的。当生存的需求满足之后，精神的需求又会进入人们的视野。现在，随着互联网的越来越普及，它将人们大部分的生存空间都填满了，使人们顾不上考虑一些形而上的问题。但是，这种被互联网所控制的阶段，它仅仅是人生中的一个阶段，比如，爱上网的多是青少年，但他们过了这个当网虫的年龄，就可能会开始思考一些严肃的问题。当一个人在二十多岁时，他可能乐不思蜀，顾不上思考一些人生问题；当他三十多岁、四十多岁、五十多岁时，他就必须要正视一些人生问题。为什么喜欢我的作品的多是些三十岁以上的人？2005年1月4日的《文汇报》发了一篇评我的《狼祸》的文章，文章中就说我的小说有种精神的东西，这是不多见的。而且，时下中国作家的作品中最缺的也是精神的东西。因为缺乏这些东西，读者就不会买账，就会远离文学。有一种读者，看到雪漠的东西就买，这就为我们提供了一种信息。

现在的问题是，海量的信息充斥着人们的心灵，而控制信息的媒体，又不去宣扬一种善的精神，引导一种善的取向，而是毫无原则地迎合着社会需要，放大着欲望的噪音，许多善的声音刚刚传出，就马上被浮躁的声音所淹没。我将这种道德沦丧的媒体人，成为"混混媒体人"。随着这类人越来越多，"混混文化"就水涨船高。当整个社会中，混混占了大多数时，混混文化就成了主流文化。一方面，混混们需要混混文化；另一方面，贩卖混混文化的人需要市场，二者互相鼓噪，就导致了目前虚假的浮躁和喧嚣。

但随着一些有识之士、一些有思想的人和有良知的人去引导这个文化，由他们去引领这个潮流，由他们去点燃智慧火种的时候，总有一天，觉醒者会越来越多。现在，很多占有权、位、资源、金钱的人都是"混混"，所以他们才会制造这种混混文化。然而，这种状况终究是不会久长的。任何一个时代，都会有一批混混，像《水浒传》上就有许多混混，但最终，那批混混像苍蝇飞过虚空一样，留不下一点痕迹。在历史上能留下来的，还是一些文化的东西。文化的火种终究会延续下去的。

整个人类的文明史，除了政治事件外，留下的只有文化和思想，里面看不到一点混混们的影子。现在，混混的数量虽然很多，但再多的混混也不过是混混，他们终究留不下一点影子。人类的延续就是这样，任何时候都有罪恶，都有贪婪，都有欲望，但人类中肯定会有一些人试图想让人类远离罪恶，这部分人也会随着人类的存在一直存在下去。每个时代，都有一批这样的度世者。但是，和这样的度世者同时代的，肯定也会有一批永远度不尽的罪恶的人。所以，度人者和被度者都会共同存在下去，就像光明总是会和黑暗相伴。人类不可能远离罪恶，因为欲望是人类摆脱不了的噩梦。有人类就会有罪恶，有罪恶就会有劝说人类远离罪恶的人，但是众生是度不尽的。因为每个人生下时，就可能有罪恶的种子，他那种与生俱来的欲望，就会让他变恶。正因为这样，人类中的那种传播善的火种的人才显得非常珍贵。在这种污浊恶世中，释迦牟尼佛的精神和基督的精神才显得格外伟大，这好像黑夜中的一支火把一样，它能照亮人类的心灵历程，但它很难让整个黑夜变为光明。人类只要有这支火把就成了，但这支火把也仅仅是火把。人类的黑暗和人类的光明是同时存在的，有光明必有黑暗，有罪恶必有一种善出现。

这种善，可能是信仰的力量，借助信仰中善的力量，才能拯救一部分人的灵魂。但其力量会很有限，因为谁都知道，纵欲比清心寡欲能为身体带来更多的快乐，享受比苦行更舒适。没有智慧的观照，人们可能宁愿享受，宁愿贪婪，宁愿纵欲，宁愿堕落，而懒于思考一些问题。所以，人类的大部分空间，被可有可无的"混混"们占据着。但是，这群混混虽然人数众多，能量其实也很有限。整个历史阶段能留下的思想，也许就是思想者的思想，或者有思想的文章，或者几本好书。而混混们，五十年，或是百年之后，最终会像风卷苍蝇或风卷落叶一样被历史的风吹得不知去向。留下来的，还是我们谈的这类东西。

假如有一天，信仰彻底死亡了，人类再也没有了一点点自省、敬畏与向往，人类也就走向灭亡了。因为，人类也罢，地球也罢，都有寿命。按佛家理论，任何事物都有成、住、坏、灭四个阶段。没有永恒的东西。远古的时候，人非常质朴，随着物质的改善和发达，人的欲望也越来越大。信息科学越发达，越能刺激人的欲望和贪婪，人类就会产生越来越多的贪婪和欲望，也会相应地带来越来越多的痛苦和罪恶。这些东西，人类要是单凭自生自灭的自然状态，是不可能克服的，我的小说《猎原》写的就是这一点。牧人们之间的贪婪冲突愈演愈烈时，最终就把那个猪肚井毁了。要是我们再不自省，人类的最终命运也会是这样。最终毁灭人类的，还是人类自己。随着地球上资源的越来越少，随着信仰的毁灭，随着人类的日益贪婪，随着外现的诱惑越来越大，人类的日子会越来越不好过。要是我们再不从根本上着手，人类的毁灭也许是一种必然。

将大爱种入心田

人们无论有多么大的幸福，也不过是一份好心情。好心情能延续一天，就是一天的幸福；延续一个月，就是一个月的幸福；延续一年，就是一年的幸福；延续一辈子，就是一辈子的幸福。如果一个群体里的每个人都有好心情，那么这个群体就是幸福的；如果一个民族有好心情，那么这个民族也是幸福的。

现在的战争和灾难很多，都是因为人类的文化中，一种非常善的东西失传了，或者说没有占据主流媒体。占据主流地位的都是一些欲望的东西、血腥的东西、暴力的东西，比如各种杀人掠城的游戏等等，这种东西一直会对人类进行一种罪恶的自我暗示，增长着人类内心的欲望、贪婪与嗔恨，并且形成一种集体无意识，让整个社会都认为这就是对的。比如，许多人直到现在还在研究曾国藩们是如何成功的，而这研究对象无非做了三件事：第一杀人，第二战争，第三搞阴谋。为何从来没有人研究甘地为什么成功？托尔斯泰为什么成功？信仰中为什么有那么多优秀的博爱的东西？

人类最可怕的不是屠杀，而是对屠杀的讴歌。翻开中国历史和世界历史，就会发现人类顶礼膜拜的正是屠杀自己同类的人。杀人越多，可能越被人们认为是英雄。这是整个人类的堕落，也是历史书写者和文学参与者的罪恶。

杀人者因为有其强权基础和欲望的引诱，固然可以屠杀。当我们无法制止其屠杀时，必须明白屠杀是罪恶，必须谴责屠杀，绝不能讴歌。讴歌比屠杀本身更值得诅咒。因为屠杀者终究会死去，而讴歌屠杀的文化却会流传下去，影响一代又一代的人，在人类心灵中植入恶的因子，并给予养分令其成长，使恶像滚雪球一样地变大，最后砸向世界。挥动刀子者，必会招来刀子，罪恶最终埋藏的还是人类自己。

因此，赞美屠夫的文学是人类心灵上的毒瘤，我们必须割除它。我们必须明明白白地告诉人们，那曾经强大的拿破仑不是英雄，那被人类讴歌了千百年的所谓英雄其实是屠夫、是罪恶的载体。真正的英雄是甘地、老子、孔子、孟子等将爱洒向人类和历史的人。他们才最值得人类赞美和讴歌。

也许，我们不能左右强权，也不能消除罪恶，但我们可以支配我们的笔和喉咙，发出一种相对有良知的声音。一个微弱的声音固然会被时代的噪声淹没，但千万个喉咙一齐发声时，可能会使一些被梦魇裹挟的灵魂惊醒。更有可能的是，他们也会拨亮眼睛，放开喉咙，发出一种有益于人类的声音。当一代代人这样喊下去时，可能会有更多的人明白什么是罪恶。

　　许多时候，比屠夫更可恶的是他的"啦啦队"。正是在啦啦队的鼓噪声中，小屠夫长成了大暴君。当然，他很可能做的一件事是，将那把越抢越疯的屠刀，削去啦啦队们的脑袋。我们的文学，更不应该是罪恶的啦啦队。因为历史告诉我们，所有讴歌罪恶者，最终仍会成为罪恶的牺牲品。面对历史上的一把把屠刀，我们应该放直了声音——哪怕会招来屠刀——歇斯底里地大叫：那是罪恶！当人类一代代地叫下去时，罪恶这块抹布就会被扔向阴沟，并让位于良知和善来重写历史。

　　我在《西夏咒》这部小说中诠释的，正是这样的一种世界观。

　　真正对整个人类群体有益的，不是一种狭隘的、欲望的东西，而是一种大爱。什么叫小爱，什么又叫大爱？小爱就是，至少能让你的亲人得到一份好心情，这是小爱。事实上，人们无论有多么大的幸福，也不过是一份好心情。好心情能延续一天，就是一天的幸福；延续一个月，就是一个月的幸福；延续一年，就是一年的幸福；延续一辈子，就是一辈子的幸福。如果一个群体里的每个人都有好心情，那么这个群体就是幸福的；如果一个民族有好心情，那么这个民族也是幸福的。当你的爱，给你身边的亲人带来这种好心情的时候，能让他们快乐、清凉的时候，这就是小爱；当你的爱能够给整个人类带来一种启发、一种感动、一种清凉和明白的时候，就是一种大爱。

　　历史上许许多多的爱是感动了世界的。比如，耶稣不是对身边的弟子多么好，对一个女人多么好，而是认为所有的人类都值得关爱，这就是大爱。甘地也是这样，他倡导"勿以暴力抗恶"，对待任何一个群体，他都用博大的心去爱，最后死在一些偏激者的枪下时，仍然提倡博爱，这就是大爱。大爱是对整个人类群体都有好处的，是真正应该赞美、讴歌与传播的东西。

要将小爱升华为大爱，需要进行一种灵魂的修炼。这种灵魂的修炼，实际上每个人每一天都在进行着，换一种说法，就是人格的升华、灵魂的重塑。

如何升华人格、重塑灵魂呢？你要自省，并且向往。自省，就是发现自己的不足；向往，就是敬仰并效仿比自己更伟大的一种存在。这个存在不一定是神，可能是人，可能是一种精神，也可能是一种艺术。希望自己和那伟大的存在达成一体活着接近它，并付诸行动，而不仅仅是想想而已，这样的行为，就叫修炼。

当你能够在日常生活的待人处事中，发现自己的不足与局限之处，并且参照某个伟大存在——比如佛——的人格，改正它，在生活工作中升华自己的人格，变得更加善良、更加慈悲、更加清醒，并且将自己的收获——清凉、明白、快乐，以及一种对世界有益的理念、思想、文化和光明——传播出去，让许多人都能因此而过得比昨天更快乐的时候，就是最好的修炼。在所有的修炼中，这种修炼是最高境界，被称为"法布施"，因为它能给这个世界带来一种善美的文化。每个人都是一种传承链条的启动者。当你有了这样一种自省和向往的时候，你的身边会有无数的人成为这个链条上的一环。无数的一环，又会发出不同的声音和光明，影响就会慢慢地扩散出去，整个世界也就会慢慢发生变化了。

如何升华人格、重塑

灵魂呢？你要自省，并且

向往。自省，就是发现自

己的不足；向往，就是敬

仰并效仿比自己更伟大的

一种存在。

世界本身就是一个巨大的梦幻，明白这种梦幻时，不去执著，这就是智者的行为。你如果想把这种梦幻变成一种真实的、能被掌握的东西时，就叫执幻为实，这是人类烦恼的原因。人类最大的烦恼，就是想在这个充满不确定性的世界中间，找到一种确定性。

不要指望自己能握住流水

有一天，我的儿子陈亦新提了一个很好的问题，他问我："欧洲的文艺复兴对经济起到了启蒙作用，正是因为有了文艺复兴时期这种自由的空气，才有可能有了后面这种科学技术的发展、电动机车的出现、新技术的出现等等，然后伴随着的是更多的一种民主思想的传播。我觉得全球化也是一种进步。我想问：第一，佛家应该以什么面貌在所谓的末法时期，在经济高速增长的这种新经济时代出现？第二，佛家有没有可能以一种哲学和文化的形式出现，它们将来是怎么样一种相互替代的关系？再就是，佛教能不能对人的福利起到提升作用？我说的这个'福利'，也包括对经济的促进作用。因为大家面临着最大的不确定性，就是人的恐惧。我们无法把握命运和未来。佛家智慧能不能在'不确定性'这方面取得突破，使人类的认知出现一种质的飞越，从而全面提升人类的精神世界？"

我告诉他，这个"不确定性"，正是佛家智慧认为的真理。"诸行无常"中间的"常"就是"确定性"，"无常"就是"不确定性"。当你明白这种不确定性的时候，就意味着你明白了某种真理。当你明白这种"不确定性"不可避免时，就不会去强求某一种确定性；当你明白这个世界是一个巨大的梦幻时，就不会去希望它变成一个不是梦幻的东西。

因为，当你希望它变成一种真实的存在、有自性的东西时，这就叫妄想，是一种愚痴。我举个例子，你明知纸上的烧饼仅仅是一幅画，就不会指望它能填饱你的肚子。就是这样。同样，你如果想要在充满不确定性的世界中间，让确定性变得更多一些时，这本身就是一个巨大的妄想。

换句话说，世界本身就是一个巨大的梦幻，明白这种梦幻时，不去执著，这就是智者的行为。你如果想把这种梦幻变成一种真实的、能被掌握的东西时，就叫执幻为实，这是人类烦恼的原因。人类最大的烦恼，就是想在这个充满不确定性的世界中间，找到一种确定性。佛家的智慧，就是告诉人们，这个世界本来就是梦幻般的，本来就是无常的，不要执著它。

像情侣之间，一个男孩问一个女孩：你爱不爱我？女孩说：我爱。明天再问的时候，女孩说：我不爱。男孩就问，你昨天说爱我，今天怎么不爱了？女孩说：昨天是昨天，今天是今天。

这个女孩很明白，昨天的某一个瞬间，她固然是爱他的。结果这个瞬间过去之后，她的心思变了，就不爱了。有爱的心思时，当然爱你；心思变了的时候，当然不爱你。你怎么能要求她的心思一定不能改变呢？

心里的想法，像水泡一样忽生忽灭，你想抓住其中的一个水泡，让它不变，这是不可能的事情。世界上最容易变的就是人心。人心最容易变，爱情也就最容易变。所以，好多人要追求一种永恒的爱情，这几乎是不可能的事情。当然，这中间也有一种相对的稳定，就是两人的缘分很好，人格的力量使对方互相认可的时候，就会建立一段相对稳定的婚姻关系。可是这个也不是永恒的。因为，人总会走向死亡；死亡总会把相爱的人分开。

我们当然追求白头到老，但到底能不能白头到老？不知道啊。这个世界上不确定的因素太多了，无论是因为什么原因，接不上一口气就死了，就无法白头到老了；心脏无论因为什么原因，不再跳动时，就无法白头到老了；出门后，遇到了一辆呼啸而来的汽车，就无法白头到老了；忽生忽灭的细胞中有一个忽然发生癌变，又没有被体内的免疫系统发现，也就有可能无法白头到老了。

所以说，一切本来就是虚幻的，世界是虚幻的，连禅定的好多觉受都是虚幻的，它们忽生忽灭，瞬息万变。明白这种虚幻之后不要执著它，这就是解脱。不明白这种虚幻，不愿接受这种虚幻，无论如何都想执著它，这就是痛苦。

为什么佛家智慧几千年来一直存在着，未来它又凭什么继续存在下去，什么才是它存在的意义？它存在的意义，就是窥破虚幻，享受当下，觉醒于当下，明白于当下。它的存在，就是为了让人能够明白世界的真相。

如果身体上就能体验到一切如梦如幻时，你就会明明白白地知道，这个世界本身就是一个巨大的梦幻，一切都不过是个梦，一切外相都是因缘的聚合。

当你真正接受了世界的虚幻不实，明白无论自己愿意还是不愿意，接受还是不接受，一切都在瞬息万变，也就不会去在乎这些东西。当然，在你没有见到世界的真相时，你仍然是在乎的。股票上升了，你高兴得无法表达；股票跌下来，又痛苦得无法自拔。这就是因为你不知道，股票本来就是这么回事，它上涨千万也罢，跌得一塌糊涂也罢，跟你生命的本体都没有必然的关系。因为它无法从根本上改变你的什么东西。

外部世界的一切，都无法从根本上改变你的什么东西，能改变你的，就是你的心。心变了一切都变了，心不变一切都没变。住在豪宅里的千万富翁痛苦地跳楼时，根本不如睡在大街上的一个流浪汉幸福。所以说，钱多钱少，都是虚幻无常的。它今天在你这里，明天就变成别人的了。好多富翁们临死的时候，天大的财富都变成了毫无意义的数字，儿女们还可能会为争夺财产而斗得你死我活。辛苦了一辈子，折腾了一辈子，不过是为了一些跟自己没有绝对关系的数字，你说这到底有啥意思？